Bernard Pellequer

Petit guide du ciel

préface d'Hubert Reeves

Éditions du Seuil

Cet ouvrage est issu des cartes publiées aux Éditions du Seuil
en 1945 sous le titre *Connais-tu les étoiles ?* d'André Jouin.

ISBN 978-2-7578-3986-7
(ISBN 978-2-02-011556-8, 1re publication)

© Éditions du Seuil, 1945, et 1990 pour le texte, les illustrations
et la composition du volume

Le Code de la propriété intellectuelle interdit les copies ou reproductions destinées à une
utilisation collective. Toute représentation ou reproduction intégrale ou partielle faite par quelque
procédé que ce soit, sans le consentement de l'auteur ou de ses ayants cause, est illicite et constitue
une contrefaçon sanctionnée par les articles L.335-2 et suivants du Code de la propriété intellectuelle.

Le ciel des étoiles est une des grandes victimes de notre technologie moderne. Chaque médaille a son envers ; chaque progrès s'accompagne de « regrès » (au sens de régresser) et de regrets. Nos routes et nos maisons bénéficient de l'éclairage nocturne, mais nous ne connaissons plus les constellations. Il suffit de passer quelques nuits dans le Sahara pour sentir l'intensité de la présence des étoiles. Pour comprendre jusqu'à quel point elles faisaient partie de la vie de nos ancêtres.

Ce livre a pour but de nous aider à reconnaître les étoiles et les constellations. Mais on peut d'abord se demander pourquoi. Pourquoi se donner cette peine ? Pourquoi investir des efforts dans cette direction ?

Reconnaître les étoiles, c'est à peu près aussi utile (ou inutile...) que de savoir nommer les fleurs sauvages dans les bois. La navigation se fait aujourd'hui avec des satellites appropriés. Il n'y a guère plus que les amateurs de voile qui lèvent quelquefois les yeux vers le ciel pour se diriger ; une ou deux constellations leur suffisent à retrouver l'étoile Polaire.

La vraie motivation est ailleurs. Elle est de l'ordre du plaisir. Le plaisir de transformer un monde inconnu et indifférent en un monde merveilleux et familier. Il s'agit d'« apprivoiser » le ciel, pour l'habiter et s'y sentir chez soi.

On me fait souvent la demande suivante : « Mon enfant s'intéresse à l'astronomie, quel télescope me conseillez-vous de lui acheter ? » Cette question est tout à fait dans l'esprit du temps. On suppose que la technologie peut résoudre tous nos problèmes. Il vaut mieux retarder cet achat. Si l'on n'a pas été initié au ciel des constellations, le télescope risque d'être rapidement relégué au grenier.

C'est l'œil nu devant le ciel qu'il faudra commencer. Comme pour tout ce qui en vaut la peine, il faudra y mettre du temps et de la persévérance. Il ne vous suffira pas d'identifier une constellation, pour la connaître. Il vous faudra la retrouver vingt fois, dans des régions célestes différentes. Progressivement elle s'intégrera dans le paysage, elle entrera dans votre vie, vous l'associerez à vos souvenirs. Et surtout, quand sa saison reviendra, vous éprouverez à la retrouver, fidèle, à sa place dans le ciel, le même plaisir que celui d'entendre au printemps le chant des hirondelles ou de sentir l'odeur des fleurs du robinier-faux acacia.

La connaissance du ciel a aussi une autre dimension, qui est de l'ordre de l'*enracinement*. Les modifications rapides du cadre de vie — suite au rythme des progrès technologiques — font que l'homme contemporain ne se sent nulle part. On peut voir, dans la remontée de l'intérêt pour les régionalismes, une réaction contre ce sentiment d'aliénation face au monde moderne. Chacun se sent le besoin d'appartenir à quelque chose. On cherche désespérément ses racines, quitte à s'en inventer de toutes pièces.

Une des raisons de la popularité de l'astronomie aujourd'hui c'est, je crois, le lien qu'elle montre entre l'homme et les étoiles. Loin d'être un étranger à l'Univers, comme l'enseignaient les existentialistes, les découvertes récentes de l'astrophysique nous indiquent notre parenté avec tout ce qui brille dans le ciel. Nous sommes redevables aux étoiles d'avoir fabriqué les atomes dont sont constituées les molécules de nos yeux tournés vers elles.

Le sentiment d'appartenance dont nous avons tant besoin, l'astronomie nous le donne dans un sens tellement plus satisfaisant que nos manuels d'histoire. Avant d'être français ou canadiens, noirs ou blancs, hommes ou femmes, nous sommes terriens, solaires, « voie lactien », fils et filles de l'Univers. Nos racines sont dans les étoiles.

Cette prise de conscience est importante pour l'être humain tout entier. Mais, si elle reste confinée à l'intellect, elle ne peut prendre sa véritable dimension. Il faut encore la confrontation de ces connaissances dans le cerveau avec le regard physique sur le ciel. A la rationalité doit s'associer l'émotion de retrouver la nébuleuse d'Orion — haut lieu de naissance stellaire —, ou Antarès — génératrice du carbone et de l'oxygène.

C'est ici que notre *Guide des étoiles* trouve son second rôle : celui de nous présenter dans le ciel les acteurs de notre présence sur la Terre.

Hubert Reeves

INTRODUCTION

Depuis le 4 octobre 1957, notre civilisation est présente dans l'espace. Mais les étoiles sont toujours ces petits points brillants qui illuminent l'esprit et aiguisent la curiosité durant les belles nuits claires.

L'espace est immense en effet, hors des normes humaines, et c'est là que réside l'intérêt de sa connaissance. La découverte du ciel c'est cette part d'émerveillement, d'émotion, d'évasion... cette porte ouverte sur l'imagination aussi.

Apprenons à observer ce ciel... avec ce guide et votre curiosité, faisons une partie du voyage ensemble.

Observer

De nuit bien sûr, mais il faut pour cela connaître notre *œil*.

La vision nocturne est bien différente de la vision diurne. Elle nécessite une adaptation, conséquence d'un lent processus chimique qui procure à nos yeux un maximum d'acuité au bout de 20 minutes. Alors, prenez le temps d'attendre un peu et surtout n'utilisez pas de lampe trop brillante, car le pourpre rétinien ainsi développé par l'œil serait immédiatement détruit et il faudrait à nouveau attendre.

Une bonne solution consiste à atténuer la lumière de votre lampe de poche avec un papier de couleur rouge ou à enduire le verre de plusieurs couches de vernis à ongles.

Dans ces conditions vous pourrez avec votre petit guide passer de bons moments de découverte et d'observation du ciel.

N'observez cependant pas n'importe où. Essayez de trouver un endroit dégagé assez éloigné des pollutions lumineuses. Il est en effet évident que beaucoup d'étoiles décrites dans ce guide seront invisibles si vous observez sous un lampadaire...

Évitez donc pour la même raison les périodes autour de la pleine lune dont la luminosité gêne énormément.

Enfin, en hiver, habillez-vous bien car il serait dommage de ne pas observer simplement à cause du froid.

Étoiles et planètes

Quel que soit le moment où vous observez, vous avez en permanence plus de 2 000 petits points visibles dans le ciel. Au total près de 5 000 sont observables à l'œil nu, hémisphères Nord et Sud compris. La plupart d'entre eux sont des étoiles, mais il est souvent possible d'observer des planètes. Quelle est la différence ?

Les étoiles sont d'immenses boules de gaz essentiellement formées d'hydrogène. Au centre, des réactions thermonucléaires identiques à celles induites par les bombes à hydrogène surviennent en permanence. L'étoile la plus proche de nous est, bien sûr, le Soleil... qui nous irradie avec cette même énergie perçue sur Terre sous forme de lumière et de chaleur.

La Terre précisément est une planète orbitant autour d'une étoile : le Soleil. Une planète est un satellite d'une étoile se contentant de *recevoir* l'énergie *émise* par son (ou ses) Soleil(s). Notre Soleil a neuf planètes qui tournent autour de lui. En partant du Soleil on rencontre successivement : Mercure, Vénus, la Terre, Mars, Jupiter, Saturne, Uranus, Neptune et Pluton. Le schéma ci-dessous donne une idée de la taille comparée des planètes du système solaire. Ces planètes sont solides ou gazeuses, possèdent ou non une atmosphère dont la composition chimique est très variable.

L'astrophysique suggère qu'actuellement de nombreuses étoiles sont des systèmes solaires en puissance.

Les planètes visibles à l'œil nu (Mercure, Vénus, Mars, Jupiter et Saturne) ne sont pas mentionnées sur les cartes. En effet, du fait de leur mouvement de rotation autour du Soleil et de celui de la Terre, nous les voyons se déplacer par rapport au fond d'étoiles. Si vous observez un point lumineux supplémentaire par rapport aux cartes de ce guide, il s'agit certainement d'une planète. Les renseignements complémentaires (p. 84) vous guideront pour l'identification de ces planètes.

Les constellations

Bien qu'il soit peu probable que nous trouvions un jour un document qui indique l'époque où les hommes ont commencé à donner des noms à des groupes d'étoiles, on peut en comprendre la nécessité. Les navigateurs, les bergers, les agriculteurs firent rapidement le lien entre la visibilité de certains astres et la venue de phénomènes liés à leur métier. Cette connaissance, lentement accumulée, le fut de façon orale au début, puis écrite. Perses, Grecs et Arabes contribuèrent à l'établissement futur de cartes du ciel.

Mais pourquoi tel ou tel groupe d'étoiles fut-il choisi plutôt qu'un autre ? C'est toute l'histoire de nos mythes projetés dans le ciel. Dans les textes accompagnant les cartes, vous

Le système solaire à l'échelle en distance
(les tailles des astres ne peuvent être représentées)
Distances moyennes en millions de km

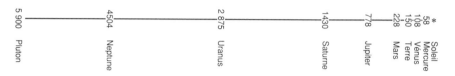

Le système solaire (1 étoile et 9 planètes)
représenté avec les "grosseurs" comparées des astres
(les distances ne sont pas respectées)

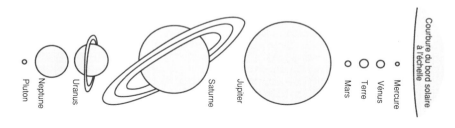

trouverez souvent la signification d'un nom d'étoile ou l'explication d'une légende : le ciel est le creuset où se mélangent de nombreuses cultures antiques.

Bien sûr, aujourd'hui, nous savons que cette représentation ne signifie rien car la « voûte céleste » n'est pas formée d'un ensemble d'étoiles situées à une distance finie. Nos sens ne nous permettent pas de bien l'apprécier, mais le ciel que nous voyons doit être perçu en volume. Ainsi la Grande Ourse n'est pas cette « casserole » dont l'ensemble des étoiles qui la composent est à une distance donnée. Le schéma ci-dessous nous permet de mieux comprendre cela. Signalons enfin que chaque étoile a son mouvement propre imperceptible visuellement à l'échelle de plusieurs générations, mais déjà sensible sur des millénaires.

Les constellations nommées par les anciens n'en restent pas moins un outil précieux pour se repérer dans le ciel.

Des astres si lointains

Le problème de l'évaluation des distances est important en astronomie, mais diverses techniques permettent aujourd'hui d'affiner les mesures. Connaître ces distances est bien, en percevoir le gigantisme est tout autre chose.

Essayons d'imaginer un vaisseau spatial qui irait de la Terre à la Lune en 1 seconde (c'est très grossièrement la vitesse de la lumière). A cette vitesse-là, il lui faudrait 8 minutes (480 fois plus) pour aller jusqu'au Soleil, 30 minutes jusqu'à Jupiter et plusieurs heures pour sortir du système solaire ! Ce système formé du Soleil et de neuf planètes est un système parmi des milliards d'autres étoiles appartenant à la galaxie de la Voie lactée. Ainsi, toujours

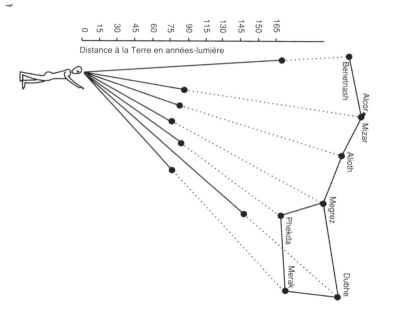

Distance à la Terre en années-lumière

Disposition réelle des étoiles de la Grande Ourse

Benetnash

Alcor

Mizar

Alioth

Megrez

Phekda

Merak

Dubhe

165
150
145
130
115
90
75
60
45
30
15
0

à la même vitesse, il faudrait voyager 4 ans et demi pour atteindre l'étoile la plus proche et plus de 100 000 ans pour traverser notre galaxie.

Les galaxies elles aussi sont nombreuses (on estime que l'Univers contient plus de galaxies qu'il n'y a d'étoiles dans une galaxie !) et les plus proches nécessiteraient un voyage d'un million d'années pour les atteindre (1 million d'années passées à voyager à la vitesse de la lumière : on dit 1 million d'années-lumière).

Les objets décrits dans ce guide font (à quelques très rares exceptions près) partie de notre galaxie de la Voie lactée. Mais au fait qu'est-ce que la Voie lactée ?

La Voie lactée

Les Persans prétendaient qu'un grand fleuve coulait dans le ciel et que sur les berges de la Voie lactée paissaient des troupeaux de gazelles aux pattes fines, des chameaux, des chevaux et des autruches. Près des tentes, s'étendaient des oasis plantées de dattiers et au milieu du paradis d'Allah se trouvait un trésor de pierres précieuses : la boîte à bijoux près de la Croix du Sud.

Vous n'avez certainement pas vu ce paradis, mais vous avez sûrement observé cette bande laiteuse qui barre le ciel. Il s'agit d'une très forte concentration d'étoiles que l'on distingue mieux aux jumelles. Elle représente simplement notre galaxie vue de l'intérieur puisque nous en faisons partie.

Pour mieux comprendre cela, il est bon de rappeler que toutes les étoiles que nous voyons font partie d'une grande structure appelée galaxie. Formée de plus de 100 milliards d'étoiles, elle a une forme lenticulaire vue par la tranche et l'aspect d'une spirale vue de dessus.

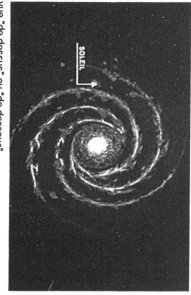

vue "de dessus" ou "de dessous"

← 100 000 années-lumière →

vue "par la tranche"

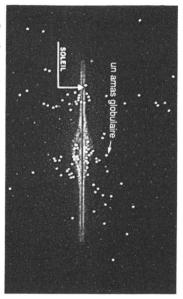

Schéma d'une galaxie analogue à la nôtre.
Le Soleil a été "positionné" pour bien montrer
notre place en "banlieue galactique"

SOLEIL

un amas globulaire

SOLEIL

Notre système solaire n'en est pas le centre : nous sommes les banlieusards de la Voie lactée. Si nous observons dans la « tranche » nous voyons donc une plus forte concentration d'étoiles qu'avec un regard perpendiculaire au plan de la galaxie. Ainsi s'explique la présence de cette *Voie lactée*.

Nébuleuses

Charles Messier (1730-1817) était un grand chasseur de comètes. Durant les nombreuses nuits passées derrière son télescope, il découvrit toute une série d'objets nébuleux (comme des comètes) mais immobiles. Son instrument et les théories de l'époque n'étant pas assez performants, il se contenta de faire un catalogue connu aujourd'hui sous le nom de « catalogue Messier ». Les instruments ont ensuite permis de constater que la terminologie « nébuleux » désignait une collection d'objets parfois forts différents. Ce guide vous en fera découvrir un grand nombre. Certains sont visibles à l'œil nu, tous les autres sont accessibles avec des jumelles ou un petit instrument. Ils ont pour nom : galaxie, amas globulaire, amas ouvert, nébuleuse planétaire, nuage interstellaire... La signification de ces mots vous est donnée dans le lexique à la fin de ce guide.

Comètes et étoiles filantes

Deux phénomènes trop souvent confondus et pourtant bien différents.
Comme nous l'avons déjà vu, le système solaire est composé du Soleil et des neuf planètes

en rotation autour de lui. Cet ensemble serait incomplet sans les comètes. Composées en grande partie de molécules d'eau et de poussières, on peut les assimiler à de la neige sale. Grosses parfois de quelques kilomètres, elles tournent autour du Soleil sur des orbites généralement très elliptiques qui les amènent souvent loin de la dernière planète : Pluton. Certaines restent relativement proches du Soleil et font un tour plus rapidement. Leur période de rotation va de quelques années à des centaines d'années.

Ce corps, inerte loin du Soleil, est appelé le noyau de la comète. Au fur et à mesure de son approche du Soleil, le rayonnement augmentant provoque un dégazage de ce noyau et se développe la queue de la comète : immense chevelure très peu dense s'étendant sur plusieurs millions de kilomètres et donnant toute sa majesté au phénomène.

Les comètes ne se déplacent pas très vite dans le ciel. (Certaines, très rapides, ont toutefois parcouru plus de 40° dans le ciel en une nuit.)

La vitesse est précisément la caractéristique des « étoiles filantes ». Par une belle nuit, il vous est fréquemment arrivé de voir une brillante traînée lumineuse, striant cette grande étendue d'étoiles. Si l'on est patient on en observe toutes les nuits en plus ou moins grande quantité.

Nous allons trouver l'explication du phénomène avec les comètes. Au voisinage du Soleil, elles évacuent de la matière qui va lentement encombrer l'orbite de la comète, conduisant à une longue traînée de poussière (un peu comme la traînée de condensation derrière un avion à réaction). Il arrive que la Terre dans son mouvement de rotation traverse de telles traînées de poussières interplanétaires. Les particules (grains de « sable » de quelques grammes) entrent en contact avec l'atmosphère terrestre à grande vitesse (10 à 75 km/sec.) et sont échauffées comme le sont les véhicules orbitaux à leur retour sur Terre. Sans protection, ces poussières s'échauffent et brûlent entre 70 et 40 km d'altitude. La trace de cette combustion est observable : nous l'appelons « étoile filante », nous devrions dire *météore*. Le petit caillou ou poussière ainsi brûlé est appelé *météorite*. Les plus grosses n'ont pas le temps de se consumer et parviennent jusqu'au sol. Certaines périodes sont plus favorables pour observer un grand nombre de traces :

début janvier (3-4)	*les Quadrantides*
vers les 21-22 avril	les Lyrides
5-6 mai	les Aquarides
28-29 juillet	les Delta Aquarides
les 12-13 août	*les Perséides*
21 octobre	les Orionides
3 novembre	les Taurides
17-18 novembre	*les Léonides*
13-14 décembre	les Géminides

Le nom donné en regard de la date indique la région du ciel (*le radiant* dans le jargon) d'où elles semblent toutes provenir. Cela n'est qu'un effet de perspective.

Parfois (souvent...) vous verrez des points se déplaçant rapidement dans le ciel. Ils ont l'intensité d'une étoile et ont un mouvement nord-sud ou est-ouest. Ce sont des signes de l'activité humaine dans le proche environnement de la planète Terre : des satellites artificiels. Il est presque impossible aujourd'hui de faire une photographie astronomique de longue pose sans recueillir la trace de l'un d'eux sur la pellicule. Les plus gros sont bien visibles, mais sachez que plus de 6 000 objets (du boulon à la fusée) tournent autour de la Terre. Atmosphère, poubelle spatiale ?...

Mesurer dans le ciel

Évaluer des écarts, des échelles comparatives n'est pas chose aisée pour le curieux démuni d'instrument. Nous avons pourtant un très bon outil : notre main. Grâce à elle nous pourrons avoir une idée correcte des dimensions des constellations et modifier des idées préconçues.

La pleine lune en est un exemple remarquable : son diamètre ne vaut qu'un demi-degré (30' d'arc). Questionnez votre entourage et vous serez surpris par les réponses. Une main « moyenne » au bout d'un bras « moyen » donne les valeurs indiquées sur le dessin p. 19.

Tout tourne !

Le langage habituel et les traditions culturelles nous font dire : le Soleil, la Lune ou les étoiles se lèvent et se couchent. Ces expressions relèvent d'un constat : un mouvement existe. Notre anthropocentrisme maladif nous fait oublier la relativité de ce mouvement et implique la rotation autour de NOUS !

Et pourtant la Terre tourne, sur elle-même, autour du Soleil, et le système solaire autour du Centre galactique. Les galaxies s'éloignent les unes des autres... tout bouge.

En observant le ciel, vous constaterez qu'en une nuit des étoiles vont apparaître et d'autres disparaître : *la Terre tourne sur elle-même* autour d'un axe imaginaire.

Cet axe prolongé indéfiniment passerait au voisinage de l'étoile Polaire côté nord et dans une région pauvre en étoiles brillantes côté sud. Ces deux régions semblent fixes pour un observateur, on ne peut les voir simultanément, sauf théoriquement à l'équateur.

Dans l'hémisphère Nord, il est ainsi possible de voir Grande Ourse, Petite Ourse et Cassiopée tourner autour de la Polaire durant la nuit. Une petite montre céleste vous aidera dans cette découverte. La même observation est bien sûr possible au sud avec la Croix, le Grand et le Petit Nuage de Magellan.

Lorsque vous observerez de façon plus assidue, vous constaterez que vous ne retrouvez pas les étoiles à la même heure chaque soir. Sur une période de plusieurs mois vous ne retrouverez plus le même ciel : *la Terre tourne autour du Soleil*.

Les étoiles situées au-delà du Soleil nous sont invisibles, mais le déplacement de la Terre autour du Soleil nous en permet l'observation 6 mois plus tard.

Ainsi vous devrez reconnaître le ciel, saison après saison, et comme les anciens vous saurez que l'hiver est proche en observant certaines constellations. Mais vous vous réjouirez à la vision d'autres, annonciatrices du printemps. Bonnes observations !

Utiliser ces cartes

Les cartes de ce guide vous font voyager du pôle Nord au pôle Sud, en s'éloignant progressivement de l'un pour s'approcher de l'autre.

Où que vous vous trouviez sur Terre, apprenez à connaître d'abord les régions proches du pôle observable, puis élargissez progressivement votre cercle de découverte.

Souvenez-vous quand même qu'en un point donné (à l'exception de l'équateur) vous ne pouvez observer tout le ciel. Il faut vous déplacer sur notre planète du nord au sud pour tout découvrir.

Astronomie... l'invitation au voyage.

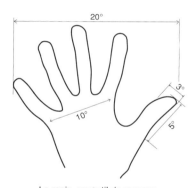

20°

10°

3°

5°

La main, un outil de mesure
non unifié, mais fort pratique

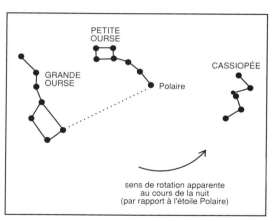

PETITE
OURSE

GRANDE
OURSE

Polaire

CASSIOPÉE

sens de rotation apparente
au cours de la nuit
(par rapport à l'étoile Polaire)

Ciel de l'hémisphère Nord au voisinage de la Polaire
(vers 21 h en septembre ou vers 3 h en juin)

CARTE GÉNÉRALE NORD

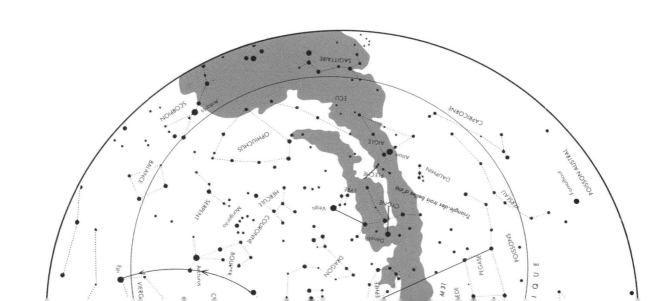

Cette carte résume l'ensemble des cartes de cet ouvrage couvrant l'hémisphère Nord. Le cercle dit écliptique (là où se produisent les éclipses) correspond à la projection de l'orbite terrestre sur la « voûte étoilée ». C'est dans une zone de + ou − 5 degrés par rapport à cette ligne qu'« évoluent » le Soleil et les principales planètes.

CARTE GÉNÉRALE SUD

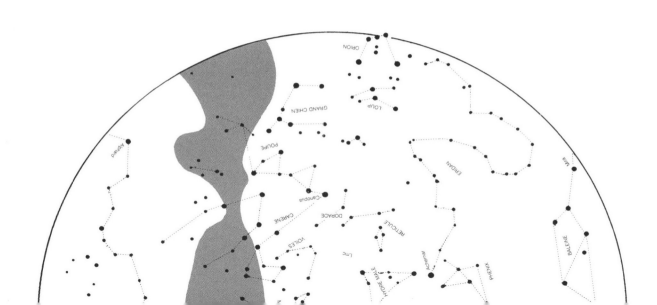

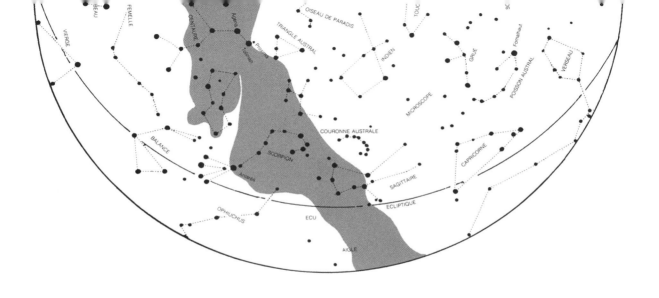

Cette carte résume l'ensemble des cartes de cet ouvrage couvrant l'hémisphère Sud. La flè-che indique la région du pôle Sud, aucune étoile assez brillante ne permettant de la maté-rialiser.

1. LA GRANDE OURSE, L'ÉTOILE POLAIRE ET CASSIOPÉE

Au cours des millénaires, la Grande Ourse a eu plusieurs dénominations. Les Arabes y voyaient une caravane à l'horizon, les Romains des bœufs d'attelage, les Indiens d'Amérique du Nord une louche, et c'était un unijambiste pour les peuples d'Amérique centrale.

A côté de Mizar, se trouve Alcor à 12', soit le tiers du diamètre apparent de la Lune. Une bonne vue la distingue facilement à l'œil nu. De plus, avec un petit instrument et un grossissement de 60 à 80 fois, Mizar est dédoublée : un bel exemple d'étoile double.

Pour trouver la Petite Ourse : repérer les deux étoiles α et β de la Grande Ourse. Elles déterminent une distance et une direction. En reportant 5 fois cette distance on trouve la Polaire, étoile située à 0,8° du pôle Nord réel.

La Polaire est à 470 années-lumière de la Terre. Sa masse est 8 fois supérieure à celle de notre Soleil qu'elle surpasse en luminosité de 2 000 fois.

Cassiopée ou la Chaise est au voisinage de la Voie lactée. Symétrique de la Grande Ourse par rapport à la Polaire, elle peut aider à la repérer.

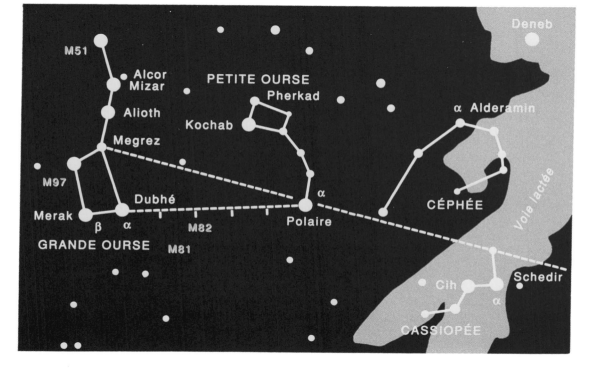

2. LE DRAGON ET LES OURSES

Le Dragon est un ensemble d'étoiles formant une longue file sinueuse. Sa tête tournée vers Véga, il entoure la Petite Ourse et sépare les deux Ourses. α du Dragon était étoile Polaire en 2700 avant J.-C.

Des nébulosités remarquables accessibles avec des jumelles ou un petit instrument sont à découvrir dans cette région.

M81, petite galaxie, et M82, galaxie irrégulière, sont à environ 7 millions d'années-lumière.

M97 est une nébuleuse planétaire distante de 1 300 années-lumière. Elle est appelée nébuleuse de la Chouette.

M51 dans les Chiens de Chasse est une galaxie spirale avec un pont de matière la reliant à une petite voisine.

Dans la mythologie antique, le Dragon était le gardien de la Pomme d'or. Seul Hercule (constellation voisine) pouvait le terrasser.

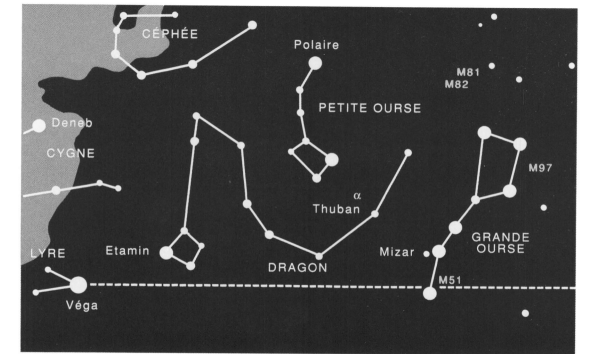

3. CAPELLA, CASTOR ET POLLUX

Capella (le Petit Bouc ou la Chèvre) est à mi-distance entre la Polaire et les « Trois Rois » d'Orion. Trois étoiles en V sont situées près d'elle : ce sont les Chevreaux. Située à 45 années-lumière, elle a un éclat réel 160 fois supérieur à celui du Soleil. Étoile caractéristique du ciel d'hiver dans l'hémisphère Nord, elle est au plus haut à minuit au début décembre.

C'est une étoile double dont les composantes sont trop serrées pour être observables même avec un instrument. Leur masse respective est de 3 et 2,8 fois celle du Soleil.

Pollux, la plus brillante des Gémeaux, est proche de Procyon tandis que Castor est du côté de Capella.

Nous détaillerons avec la carte n° 18 cette constellation et les objets remarquables qui la constituent.

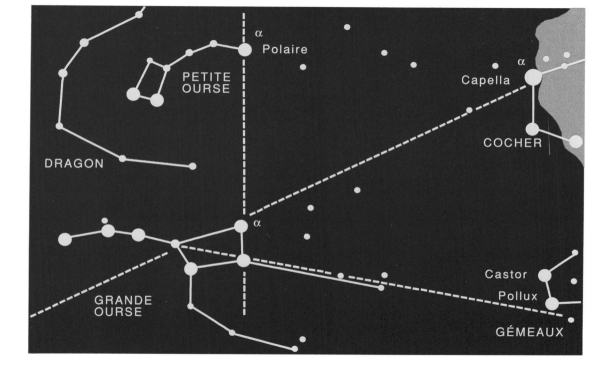

4. LE COCHER ET PERSÉE

Très belle constellation du ciel d'hiver pour l'hémisphère Nord. Le Cocher est dominé par l'étoile Capella (carte n° 3). Capella (ou la Chèvre) est proche de 3 étoiles plus faibles : les Chevreaux.

Le Cocher comporte 3 très beaux amas ouverts, accessibles avec des jumelles ou un petit instrument.

M36, le plus brillant, comporte 60 étoiles environ.

M37 avec 150 étoiles et M38 avec une centaine sont moins intenses.

Tous trois se situent dans un domaine distant de 4 100 à 4 700 années-lumière.

Persée est au voisinage du Cocher. Elle sera décrite plus loin, car la légende mythologique en fait la pièce principale d'un ensemble constitué aussi de Céphée, Cassiopée, Andromède, Pégase et la Baleine.

Cet ouvrage est issu des cartes publiées aux Éditions du Seuil
en 1945 sous le titre *Connais-tu les étoiles ?* d'André Jouin.

ISBN 978-2-7578-3986-7
(ISBN 978-2-02-011556-8, 1ʳᵉ publication)

© Éditions du Seuil, 1945, et 1990 pour le texte, les illustrations
et la composition du volume

Le Code de la propriété intellectuelle interdit les copies ou reproductions destinées à une
utilisation collective. Toute représentation ou reproduction intégrale ou partielle faite par quelque
procédé que ce soit, sans le consentement de l'auteur ou de ses ayants cause, est illicite et constitue
une contrefaçon sanctionnée par les articles L.335-2 et suivants du Code de la propriété intellectuelle.

mie, quel télescope me conseillez-vous de lui acheter ? » Cette question est tout à fait dans l'esprit du temps. On suppose que la technologie peut résoudre tous nos problèmes. Il vaut mieux retarder cet achat. Si l'on n'a pas été initié au ciel des constellations, le télescope risque d'être rapidement relégué au grenier.

C'est l'œil nu devant le ciel qu'il faudra commencer. Comme pour tout ce qui en vaut la peine, il faudra y mettre du temps et de la persévérance. Il ne vous suffira pas d'identifier une constellation, pour la connaître. Il vous faudra la retrouver vingt fois, dans des régions célestes différentes. Progressivement elle s'intégrera dans le paysage, elle entrera dans votre vie, vous l'associerez à vos souvenirs. Et surtout, quand sa saison reviendra, vous éprouverez à la retrouver, fidèle, à sa place dans le ciel, le même plaisir que celui d'entendre au printemps le chant des hirondelles ou de sentir l'odeur des fleurs du robinier-faux acacia.

La connaissance du ciel a aussi une autre dimension, qui est de l'ordre de l'*enracinement*. Les modifications rapides du cadre de vie — suite au rythme des progrès technologiques — font que l'homme contemporain ne se sent nulle part. On peut voir, dans la remontée de l'intérêt pour les régionalismes, une réaction contre ce sentiment d'aliénation face au monde moderne. Chacun se sent le besoin d'appartenir à quelque chose. On cherche désespérément ses racines, quitte à s'en inventer de toutes pièces.

Une des raisons de la popularité de l'astronomie aujourd'hui c'est, je crois, le lien qu'elle montre entre l'homme et les étoiles. Loin d'être un étranger à l'Uni-

INTRODUCTION

Depuis le 4 octobre 1957, notre civilisation est présente dans l'espace. Mais les étoiles sont toujours ces petits points brillants qui illuminent l'esprit et aiguisent la curiosité durant les belles nuits claires.

L'espace est immense en effet, hors des normes humaines, et c'est là que réside l'intérêt de sa connaissance. La découverte du ciel c'est cette part d'émerveillement, d'émotion, d'évasion... cette porte ouverte sur l'imagination aussi.

Apprenons à observer ce ciel... avec ce guide et votre curiosité, faisons une partie du voyage ensemble.

Observer

De nuit bien sûr, mais il faut pour cela connaître notre *œil*.

La vision nocturne est bien différente de la vision diurne. Elle nécessite une adaptation, conséquence d'un lent processus chimique qui procure à nos yeux un maximum d'acuité au bout de 20 minutes. Alors, prenez le temps d'attendre un peu et surtout n'utilisez pas de lampe trop brillante, car le pourpre rétinien ainsi développé par l'œil serait immédiatement détruit et il faudrait à nouveau attendre.

Une bonne solution consiste à atténuer la lumière de votre lampe de poche avec un papier de couleur rouge ou à enduire le verre de plusieurs couches de vernis à ongles.

rencontre successivement : Mercure, Vénus, la Terre, Mars, Jupiter, Saturne, Uranus, Neptune et Pluton. Le schéma ci-dessous donne une idée de la taille comparée des planètes du système solaire. Ces planètes sont solides ou gazeuses, possèdent ou non une atmosphère dont la composition chimique est très variable.

L'astrophysique suggère qu'actuellement de nombreuses étoiles sont des systèmes solaires en puissance.

Les planètes visibles à l'œil nu (Mercure, Vénus, Mars, Jupiter et Saturne) ne sont pas mentionnées sur les cartes. En effet, du fait de leur mouvement de rotation autour du Soleil et de celui de la Terre, nous les voyons se déplacer par rapport au fond d'étoiles. Si vous observez un point lumineux supplémentaire par rapport aux cartes de ce guide, il s'agit certainement d'une planète. Les renseignements complémentaires (p. 84) vous guideront pour l'identification de ces planètes.

Les constellations

Bien qu'il soit peu probable que nous trouvions un jour un document qui indique l'époque où les hommes ont commencé à donner des noms à des groupes d'étoiles, on peut en comprendre la nécessité. Les navigateurs, les bergers, les agriculteurs firent rapidement le lien entre la visibilité de certains astres et la venue de phénomènes liés à leur métier. Cette connaissance, lentement accumulée, le fut de façon orale au début, puis écrite. Perses, Grecs et Arabes contribuèrent à l'établissement futur de cartes du ciel.

Mais pourquoi tel ou tel groupe d'étoiles fut-il choisi plutôt qu'un autre ? C'est toute l'histoire de nos mythes projetés dans le ciel. Dans les textes accompagnant les cartes, vous trouverez souvent la signification d'un nom d'étoile ou l'explication d'une légende : le ciel est le creuset où se mélangent de nombreuses cultures antiques.

Bien sûr, aujourd'hui, nous savons que cette représentation ne signifie rien car la « voûte céleste » n'est pas formée d'un ensemble d'étoiles situées à une distance finie. Nos sens ne nous permettent pas de bien l'apprécier, mais le ciel que nous voyons doit être perçu en volume. Ainsi la Grande Ourse n'est pas cette « casserole » dont l'ensemble des étoiles qui la composent est à une distance donnée. Le schéma ci-dessous nous permet de mieux comprendre cela. Signalons enfin que chaque étoile a son mouvement propre imperceptible visuellement à l'échelle de plusieurs générations, mais déjà sensible sur des millénaires.

Les constellations nommées par les anciens n'en restent pas moins un outil précieux pour se repérer dans le ciel.

Des astres si lointains

Le problème de l'évaluation des distances est important en astronomie, mais diverses techniques permettent aujourd'hui d'affiner les mesures. Connaître ces distances est bien, en percevoir le gigantisme est tout autre chose.

Essayons d'imaginer un vaisseau spatial qui irait de la Terre à la Lune en 1 seconde (c'est très grossièrement la vitesse de la lumière). A cette vitesse-là, il lui faudrait 8 minutes (480 fois plus) pour aller jusqu'au Soleil, 30 minutes jusqu'à Jupiter et plusieurs heures pour sortir du système solaire ! Ce système formé du Soleil et de neuf planètes est un système parmi des milliards d'autres étoiles appartenant à la galaxie de la Voie lactée. Ainsi, toujours à la même vitesse, il faudrait voyager 4 ans et demi pour atteindre l'étoile la plus proche et plus de 100 000 ans pour traverser notre galaxie.

Les galaxies elles aussi sont nombreuses (on estime que l'Univers contient plus de galaxies qu'il n'y a d'étoiles dans une galaxie !) et les plus proches nécessiteraient un voyage d'un million d'années pour les atteindre (1 million d'années passées à voyager à la vitesse de la lumière : on dit 1 million d'années-lumière).

Les objets décrits dans ce guide font (à quelques très rares exceptions près) partie de notre galaxie de la Voie lactée. Mais au fait qu'est-ce que la Voie lactée ?

La Voie lactée

Les Persans prétendaient qu'un grand fleuve coulait dans le ciel et que sur les berges de la Voie lactée paissaient des troupeaux de gazelles aux pattes fines, des chameaux, des chevaux et des autruches. Près des tentes, s'étendaient des oasis plantées de dattiers et au milieu du paradis d'Allah se trouvait un trésor de pierres préciseuses : la boîte à bijoux près de la Croix du Sud.

Vous n'avez certainement pas vu ce paradis, mais vous avez sûrement observé cette bande laiteuse qui barre le ciel. Il s'agit d'une très forte concentration d'étoiles que l'on distingue mieux aux jumelles. Elle représente simplement notre galaxie vue de l'intérieur puisque nous en faisons partie.

Pour mieux comprendre cela, il est bon de rappeler que toutes les étoiles que nous voyons font partie d'une grande structure appelée galaxie. Formée de plus de 100 milliards d'étoiles, elle a une forme lenticulaire vue par la tranche et l'aspect d'une spirale vue de dessus.

Notre système solaire n'en est pas le centre : nous sommes les banlieusards de la Voie lactée. Si nous observons dans la « tranche » nous voyons donc une plus forte concentration d'étoiles qu'avec un regard perpendiculaire au plan de la galaxie. Ainsi s'explique la présence de cette *Voie lactée*.

Nébuleuses

Charles Messier (1730-1817) était un grand chasseur de comètes. Durant les nombreuses nuits passées derrière son télescope, il découvrit toute une série d'objets nébuleux (comme des comètes) mais immobiles. Son instrument et les théories de l'époque n'étant pas assez performants, il se contenta de faire un catalogue connu aujourd'hui sous le nom de « catalogue Messier ». Les instruments ont ensuite permis de constater que la terminologie « nébuleux » désignait une collection d'objets parfois forts différents. Ce guide vous en fera découvrir un grand nombre. Certains sont visibles à l'œil nu, tous les autres sont accessibles avec des jumelles ou un petit instrument. Ils ont pour nom : galaxie, amas globulaire, amas ouvert, nébuleuse planétaire, nuage interstellaire... La signification de ces mots vous est donnée dans le lexique à la fin de ce guide.

Comètes et étoiles filantes

Deux phénomènes trop souvent confondus et pourtant bien différents.
Comme nous l'avons déjà vu, le système solaire est composé du Soleil et des neuf planètes

combustion est observable : nous l'appelons « étoile filante », nous devrions dire *météore*. Le petit caillou ou poussière ainsi brûlé est appelé *météorite*. Les plus grosses n'ont pas le temps de se consumer et parviennent jusqu'au sol. Certaines périodes sont plus favorables pour observer un grand nombre de traces :

début janvier (3-4)	*les Quadrantides*
vers les 21-22 avril	les Lyrides
5-6 mai	les Aquarides
28-29 juillet	les Delta Aquarides
les 12-13 août	*les Perséides*
21 octobre	les Orionides
3 novembre	les Taurides
17-18 novembre	*les Léonides*
13-14 décembre	les Géminides

Le nom donné en regard de la date indique la région du ciel (*le radiant* dans le jargon) d'où elles semblent toutes provenir. Cela n'est qu'un effet de perspective.

Parfois (souvent...) vous verrez des points se déplaçant rapidement dans le ciel. Ils ont l'intensité d'une étoile et ont un mouvement nord-sud ou est-ouest. Ce sont des signes de l'activité humaine dans le proche environnement de la planète Terre : des satellites artificiels. Il est presque impossible aujourd'hui de faire une photographie astronomique de longue pose sans recueillir la trace de l'un d'eux sur la pellicule. Les plus gros sont bien visibles, mais sachez que plus de 6 000 objets (du boulon à la fusée) tournent autour de la Terre. Atmosphère, poubelle spatiale ?...

pée tourner autour de la Polaire durant la nuit. Une petite montre céleste vous aidera dans cette découverte. La même observation est bien sûr possible au sud avec la Croix, le Grand et le Petit Nuage de Magellan.

Lorsque vous observerez de façon plus assidue, vous constaterez que vous ne retrouvez pas les étoiles à la même heure chaque soir. Sur une période de plusieurs mois vous ne retrouverez plus le même ciel : *la Terre tourne autour du Soleil*.

Les étoiles situées au-delà du Soleil nous sont invisibles, mais le déplacement de la Terre autour du Soleil nous en permet l'observation 6 mois plus tard.

Ainsi vous devrez reconnaître le ciel, saison après saison, et comme les anciens vous saurez que l'hiver est proche en observant certaines constellations. Mais vous vous réjouirez à la vision d'autres, annonciatrices du printemps. Bonnes observations !

Utiliser ces cartes

Les cartes de ce guide vous font voyager du pôle Nord au pôle Sud, en s'éloignant progressivement de l'un pour s'approcher de l'autre.

Où que vous trouviez sur Terre, apprenez à connaître d'abord les régions proches du pôle observable, puis élargissez progressivement votre cercle de découverte.

Souvenez-vous quand même qu'en un point donné (à l'exception de l'équateur) vous ne pouvez observer tout le ciel. Il faut vous déplacer sur notre planète du nord au sud pour tout découvrir.

Astronomie... l'invitation au voyage.

CARTE GÉNÉRALE NORD

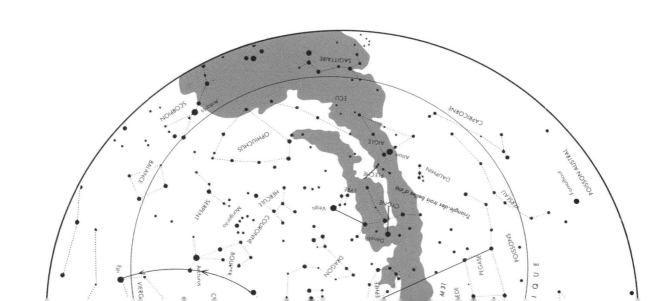

CARTE GÉNÉRALE SUD

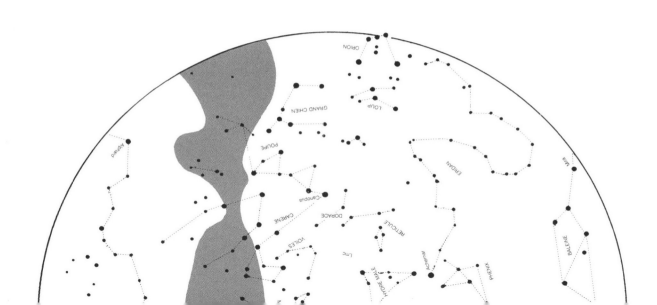

1. LA GRANDE OURSE, L'ÉTOILE POLAIRE ET CASSIOPÉE

Au cours des millénaires, la Grande Ourse a eu plusieurs dénominations. Les Arabes y voyaient une caravane à l'horizon, les Romains des bœufs d'attelage, les Indiens d'Amérique du Nord une louche, et c'était un unijambiste pour les peuples d'Amérique centrale.

A côté de Mizar, se trouve Alcor à 12', soit le tiers du diamètre apparent de la Lune. Une bonne vue la distingue facilement à l'œil nu. De plus, avec un petit instrument et un grossissement de 60 à 80 fois, Mizar est dédoublée : un bel exemple d'étoile double.

Pour trouver la Petite Ourse : repérer les deux étoiles α et β de la Grande Ourse. Elles déterminent une distance et une direction. En reportant 5 fois cette distance on trouve la Polaire, étoile située à 0,8° du pôle Nord réel.

La Polaire est à 470 années-lumière de la Terre. Sa masse est 8 fois supérieure à celle de notre Soleil qu'elle surpasse en luminosité de 2 000 fois.

Cassiopée ou la Chaise est au voisinage de la Voie lactée. Symétrique de la Grande Ourse par rapport à la Polaire, elle peut aider à la repérer.

2. LE DRAGON ET LES OURSES

Le Dragon est un ensemble d'étoiles formant une longue file sinueuse. Sa tête tournée vers Véga, il entoure la Petite Ourse et sépare les deux Ourses. α du Dragon était étoile Polaire en 2700 avant J.-C.

Des nébulosités remarquables accessibles avec des jumelles ou un petit instrument sont à découvrir dans cette région.

M81, petite galaxie, et M82, galaxie irrégulière, sont à environ 7 millions d'années-lumière.

M97 est une nébuleuse planétaire distante de 1 300 années-lumière. Elle est appelée nébuleuse de la Chouette.

M51 dans les Chiens de Chasse est une galaxie spirale avec un pont de matière la reliant à une petite voisine.

Dans la mythologie antique, le Dragon était le gardien de la Pomme d'or. Seul Hercule (constellation voisine) pouvait le terrasser.

3. CAPELLA, CASTOR ET POLLUX

Capella (le Petit Bouc ou la Chèvre) est à mi-distance entre la Polaire et les « Trois Rois » d'Orion. Trois étoiles en V sont situées près d'elle : ce sont les Chevreaux. Située à 45 années-lumière, elle a un éclat réel 160 fois supérieur à celui du Soleil. Étoile caractéristique du ciel d'hiver dans l'hémisphère Nord, elle est au plus haut à minuit au début décembre.

C'est une étoile double dont les composantes sont trop serrées pour être observables même avec un instrument. Leur masse respective est de 3 et 2,8 fois celle du Soleil.

Pollux, la plus brillante des Gémeaux, est proche de Procyon tandis que Castor est du côté de Capella.

Nous détaillerons avec la carte n° 18 cette constellation et les objets remarquables qui la constituent.

4. LE COCHER ET PERSÉE

Très belle constellation du ciel d'hiver pour l'hémisphère Nord. Le Cocher est dominé par l'étoile Capella (carte n° 3). Capella (ou la Chèvre) est proche de 3 étoiles plus faibles : les Chevreaux.

Le Cocher comporte 3 très beaux amas ouverts, accessibles avec des jumelles ou un petit instrument.

M36, le plus brillant, comporte 60 étoiles environ.

M37 avec 150 étoiles et M38 avec une centaine sont moins intenses.

Tous trois se situent dans un domaine distant de 4 100 à 4 700 années-lumière.

Persée est au voisinage du Cocher. Elle sera décrite plus loin, car la légende mythologique en fait la pièce principale d'un ensemble constitué aussi de Céphée, Cassiopée, Andromède, Pégase et la Baleine.

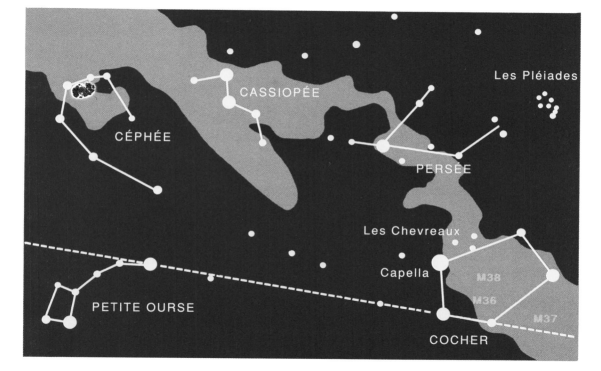

5. PERSÉE ET ANDROMÈDE

Héros de l'Antiquité, Persée réussit à couper la tête de la Méduse dont le regard pouvait changer tout être en pierre. Avec ce terrible trophée il délivra Andromède qui avait été donnée au monstre la Baleine. Persée épousa Andromède. L'étoile principale de Persée est appelée Mirfak ; 4 000 fois plus brillante que le Soleil, elle en est distante de 560 années lumière.

Deuxième en intensité, Algol (ou Tête du démon) est la plus connue. Située à l'endroit même où notre héros tenait la tête de Méduse, c'est une étoile variable et double. Elle est de deuxième grandeur pendant 2 jours 20 heures 48 minutes et 56 secondes puis sa magnitude tombe vers la quatrième grandeur pendant 5 heures exactement avant de remonter. Ce phénomène est dû au compagnon qui passe devant l'étoile. Algol est à 90 années-lumière.

h et χ Persée sont deux amas visibles à l'œil nu, absolument magnifiques avec une paire de jumelles et situés à environ 7 000 années-lumière.

Les Perséides sont des« étoiles filantes » (météorites) observables autour du 12 août et qui semblent provenir de Persée. Il s'agit des restes de la comète Swift-Tuttle.

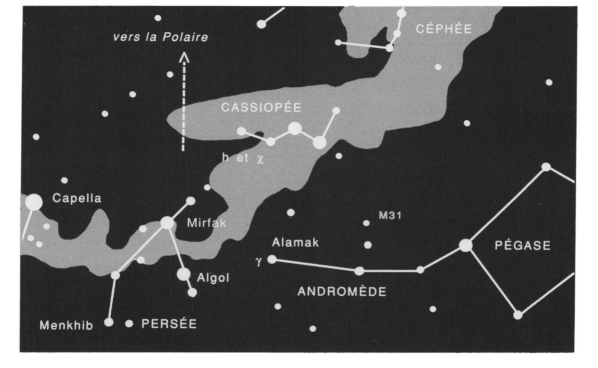

6. ARCTURUS

Arcturus est une étoile géante dont le diamètre vaut 23 fois celui du Soleil. C'est la géante rouge la plus proche de nous à seulement... 35 années-lumière. Comparée aux autres étoiles, Arcturus a un déplacement propre important : elle parcourt 1° d'arc en 1 570 ans. Elle passe au plus haut par rapport à l'horizon à 0 heure dans la deuxième quinzaine d'avril (pour l'hémisphère Nord).
En regardant la carte générale, on remarque qu'Arcturus, l'Épi et Denebola forment un triangle à peu près équilatéral.
Arcturus signifie « le chasseur à l'affût de l'ourse ».

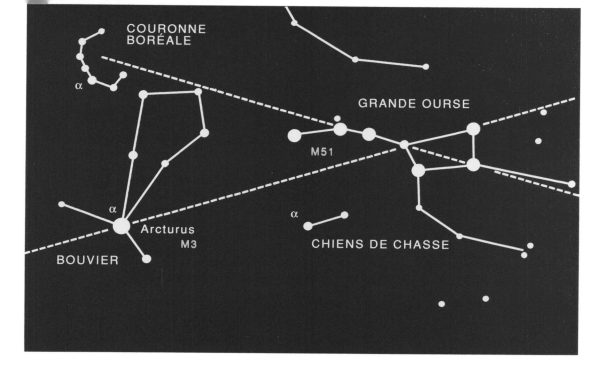

7. LE BOUVIER ET LA COURONNE BORÉALE

Le Bouvier se repère facilement grâce à Arcturus, brillante étoile de l'hémisphère boréal. Au tiers de la distance Arcturus - α des Chiens de Chasse, on peut observer un amas globulaire M3 dont la luminosité est accessible avec une simple paire de jumelles. Le résoudre en étoiles suppose en revanche une puissante lunette. La Couronne boréale est une des rares constellations dont la forme justifie le nom. Cette couronne fut, dit-on, offerte à Ariane par Vénus comme présent pour ses fiançailles. Une autre légende prétend que Bacchus éméché fut sommé par ses amis de prouver son origine divine ; il lança donc dans le ciel la couronne qui était sur sa tête... L'étoile la plus brillante de la Couronne est Gemma (la pierre précieuse). Sa distance à la Terre est de 72 années-lumière et elle possède une compagne qui tourne autour d'elle en 17,4 jours.

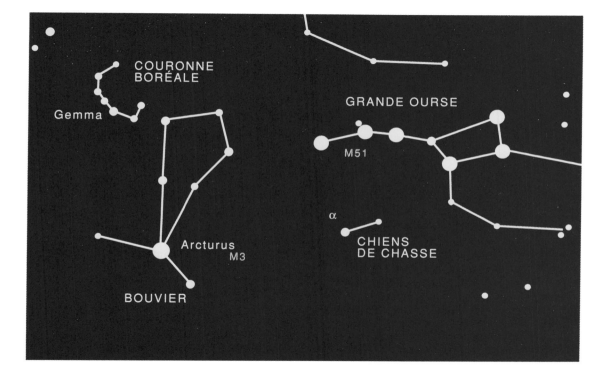

8. ARCTURUS, VÉGA ET LA POLAIRE

Arcturus, Véga et la Polaire forment un grand triangle presque isocèle.

Trois étoiles fort différentes :

Arcturus : géante rouge typique à 35 années-lumière avec une température de surface de l'ordre de 3 500°K.

Véga : à 26 années-lumière, la plus brillante du ciel boréal, est une jeune étoile dite « à hydrogène » avec une température de surface de 10 000°K. Très belle couleur bleuâtre.

La Polaire : la plus loin des trois avec 470 années-lumière, sa couleur est jaunâtre et caractérise sa température de surface : 6 300°K.

Apprenez à distinguer les couleurs.

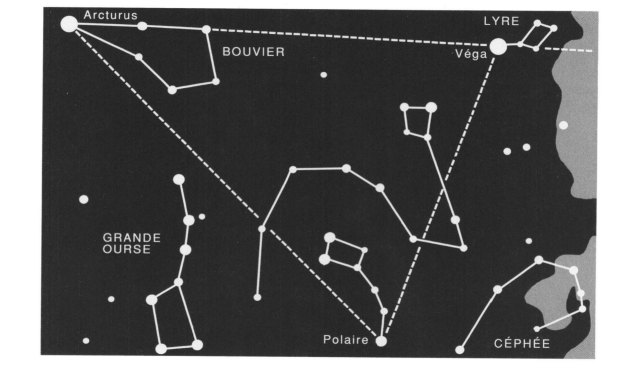

Véga compose avec Deneb (Cygne) et Altaïr (Aigle) ce que l'on appelle « Triangle d'été » ou les « 3 Belles de l'été ». Très belle étoile bleutée, Véga est double et a une luminosité 58 fois plus forte que celle du Soleil. Près d'elle, ϵ est aussi une étoile double dont les composantes sont éloignées de 1/20° et donc observables avec une bonne vue. Chacune des composantes se dédouble au télescope d'où le nom de double-double. Sa distance à la Terre est de 206 années-lumière. δ aussi est double mais accessible seulement avec des jumelles. M57 est une très belle nébuleuse planétaire découverte en 1779. Un instrument de 10 cm de diamètre minimum permet de l'observer, mais elle ne devient réellement superbe qu'avec un télescope de 30 cm.
Le nom Véga provient de l'arabe ; il signifie « aigle en piqué ».

10. HERCULE

Assez facile à repérer entre la Couronne boréale et la Lyre, cette constellation est surtout connue pour ses amas globulaires.

M13 est, avec l'amas du Centaure, le plus bel exemple d'amas globulaire. Visible à l'œil nu, il est facile avec des jumelles et devient exceptionnel au télescope.

A 24 000 années-lumière, c'est un des plus proches amas globulaires observables. Il compte près d'un million d'étoiles.

M92 est aussi un amas globulaire, mais à plus de 36 000 années-lumière son repérage est moins aisé.

Ras Algethi (« la tête de l'homme agenouillé » en arabe) est l'étoile la plus brillante d'Hercule. A 500 années-lumière, c'est une géante rouge avec un diamètre de 500 fois celui de notre Soleil ! Sa température de surface est de 2 500°K.

A proximité de l'étoile ν d'Hercule, se situe l'Apex solaire. Notre système solaire est en effet en mouvement par rapport à la galaxie de la Voie lactée. Son mouvement propre se traduit par un déplacement apparent des étoiles. La vitesse relative du Soleil vers l'Apex est de l'ordre de 20 km/sec.

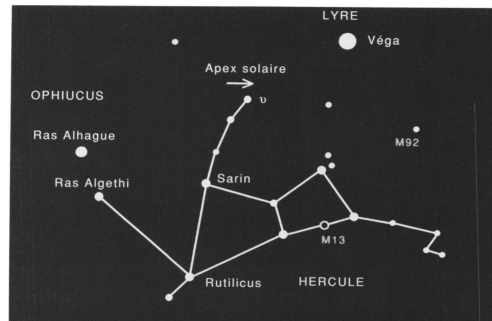

LYRE

Véga

Apex solaire

υ

OPHIUCUS

Ras Alhague

M92

Ras Algethi

Sarin

M13

Rutilicus

HERCULE

x 2

11. LE GRAND CARRÉ DE PÉGASE

Situé hors de la Voie lactée, Pégase voit ses étoiles brillantes se détacher nettement dans le ciel. Les deux plus brillantes (Scheat et Markab) donnent la direction de la Polaire.
Markab qui signifie « selle » est à 105 années-lumière. C'est une étoile variable.
Scheat est une géante rouge dont le diamètre est 145 fois supérieur à celui du Soleil. Sa distance est de 190 années-lumière.
Algénib est beaucoup plus loin, à 470 années-lumière, et constitue un système triple. Algénib signifie « aile du cheval ».
Tous ces attributs du cheval renvoient bien sûr à la mythologie grecque. Pégase, le cheval ailé, naquit à partir du sang de la Méduse décapitée par Persée.

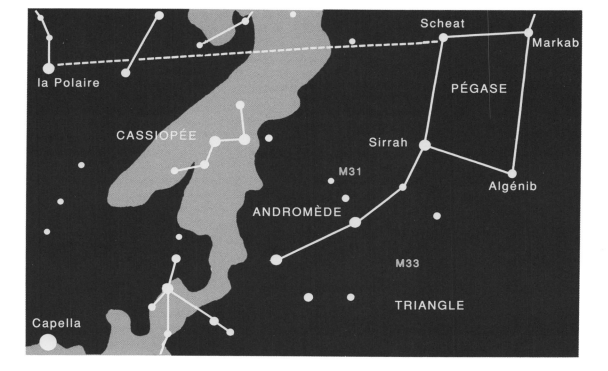

12. ANDROMÈDE ET PÉGASE

Enif est une super-géante de 4 500°K en surface, elle est située à 820 années-lumière.
On ne peut quitter cette région sans mentionner deux galaxies spirales : M31 et M33.

M31 est la grande galaxie d'Andromède. Seule galaxie visible à l'œil nu dans l'hémisphère Nord, elle est aussi l'objet le plus lointain visible à l'œil nu. 2 300 000 années-lumière nous séparent d'elle, c'est dire que l'image instantanée que nous en avons correspond à ce qu'elle était lorsque nous étions encore dans les arbres... Cette galaxie contient environ 370 milliards de soleils.

M33 est plus difficile à observer, mais constitue, avec M31 et notre galaxie de la Voie lactée, les trois seules spirales de notre groupe local de galaxies.

Ces deux objets prennent tout leur relief avec des jumelles.

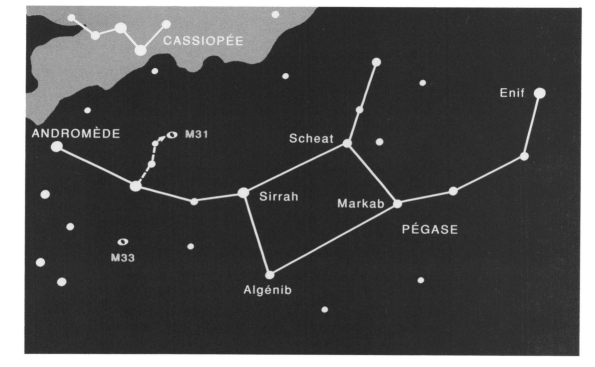

13. LE CYGNE ET LE DAUPHIN

Le Cygne est une des constellations les plus caractéristiques du ciel d'été (pour l'hémisphère boréal).

Le Cygne, en pleine Voie lactée, est une grande croix dans le ciel. A observer avec des jumelles. Deneb (« la queue » en arabe) est une étoile double, 10 000 fois plus lumineuse que le Soleil, et distante de 1 000 années-lumière de la Terre. C'est une super-géante dont le diamètre est 60 fois plus grand que celui du Soleil et dont la température de surface est de 11 000°K.

Albiréo (biseau) est à recommander pour ceux qui possèdent une petite lunette : l'une des composantes est franchement orange tandis que l'autre est beaucoup plus jaune. Distance : 410 années-lumière.

Le Dauphin est une petite constellation qui peut faire penser à l'animal émergeant de l'eau. A 100 années-lumière, γ est une étoile double facile à observer.

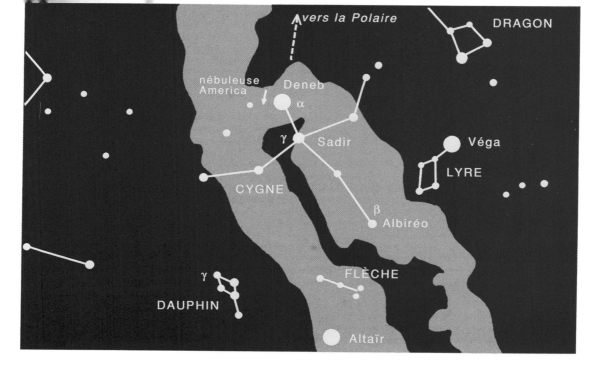

14. L'AIGLE

Le « Triangle d'été » (pour l'hémisphère Nord) est formé de trois étoiles très brillantes : Véga, Deneb et Altaïr.

L'étoile la plus brillante de l'Aigle est donc Altaïr (« aigle en vol » en arabe). Étoile proche de nous (16 années-lumière), elle a un diamètre 1,5 fois plus grand que celui du Soleil. Sa luminosité est 9 fois plus forte, avec une température de surface de 8 600°K.

Un peu à droite de l'étoile Reda, on peut, avec une paire de jumelles, observer une tache noire. Constituée de matières interstellaires opaques, elle est à plus de 2 500 années-lumière.

La constellation de la Flèche est très petite. Elle aurait servi à Hercule pour lutter contre le Vautour.

Aucune étoile n'y est réellement remarquable, mais un peu au nord de l'étoile γ, à la limite avec la constellation du Petit Renard, on trouve M27.

C'est une magnifique nébuleuse planétaire déjà perceptible avec une bonne paire de jumelles et située à près de 900 années-lumière. Elle est plus connue sous le nom de Dumbell.

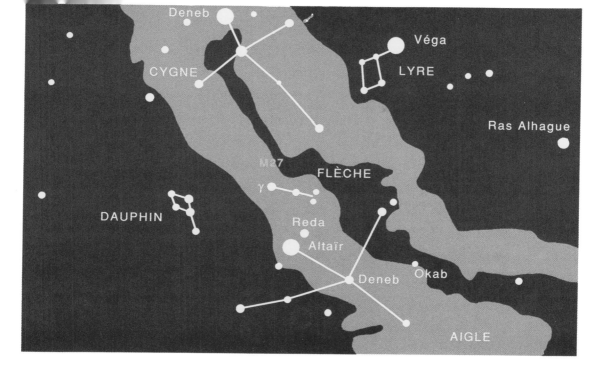

15. ORION

C'est certainement la plus belle constellation de tout le ciel visible à partir de la Terre. Grand chasseur, Orion se vantait de pouvoir tuer n'importe quel animal. Le terrible combat qu'il mena contre le scorpion conduisit les dieux à les séparer. Ils sont effectivement en deux endroits opposés de la voûte céleste, de telle sorte qu'ils ne se trouvent jamais en même temps au-dessus de l'horizon.

L'étoile principale, Bételgeuse (l'épaule), est énorme : géante rouge dont le diamètre vaut 400 fois celui du Soleil, elle est à 520 années-lumière. Rigel (le pied), 57 000 fois plus brillante que le Soleil, est bleue. Sa distance à la Terre est de 1 300 années-lumière.

Le chasseur Orion porte une ceinture appelée « baudrier d'Orion », ou encore les Trois Rois. A cette ceinture pend une épée au milieu de laquelle l'œil voit une tache floue. Il s'agit de la nébuleuse d'Orion (M42), vaste nuage de matière constitué essentiellement d'hydrogène à partir duquel naissent des étoiles. Ce berceau d'étoiles compte en son centre des bébés âgés de 10 à 100 000 ans seulement ! (M42 est à 1 600 années-lumière.) Spectacle superbe aux jumelles.

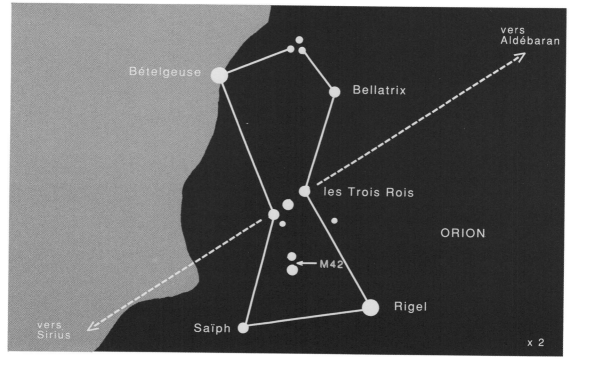

16. SIRIUS, LE PETIT ET LE GRAND CHIEN

Scènes de chasse... éclairées par l'étoile la plus brillante du ciel : Sirius. Avec Procyon et Bételgeuse, elle constitue un triangle presque équilatéral.

Constellation de l'hémisphère Sud, le Grand Chien n'est visible que quelques mois par an aux latitudes voisines de 45° nord. Dans l'ancienne Égypte sa réapparition correspondait aux crues du Nil. C'est une étoile légèrement plus grosse que le Soleil (1,8 fois en diamètre) mais 23 fois plus brillante. Très bleue, sa température de surface est de 10 000°K. Elle est à 8,7 années-lumière.

Sirius a une compagne, célèbre, puisque c'est la première naine blanche qui ait été observée. Reste d'étoile morte et constitué de matière dégénérée, Sirius B a une densité de 125 kg/cm³ ! Elle est invisible avec de petits instruments.

Procyon signifie en grec « chien de devant ». Tout comme Sirius, elle est double et sa compagne est une naine blanche. Elle est à 11,3 années-lumière. M41 est un bel amas ouvert facile à observer aux jumelles.

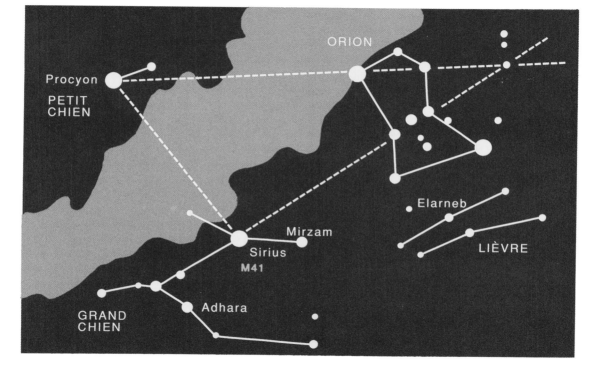

17. LE TAUREAU ET LES HYADES, LES PLÉIADES

En arabe, Aldébaran signifie « celui qui suit ». En effet, cette étoile suit les Pléiades dans le déplacement apparent des étoiles d'est en ouest.

Aldébaran est une géante rouge dont le diamètre vaut 36 fois celui de notre Soleil. Elle est à 68 années-lumière et sa température de surface est de 3 000°K.

Les Hyades signifient en grec « étoiles de pluie » et entourent Aldébaran qui ne fait toutefois pas partie de l'amas qui est situé à 130 années-lumière.

Plus au nord on trouve les Pléiades (M45), amas parfois confondu avec la Petite Ourse dont il est fort éloigné (et beaucoup plus petit). Sept étoiles seulement sont visibles à l'œil nu alors que la lunette permet d'en dénombrer 200. L'ensemble est nimbé d'un voile de gaz et de poussières montrant que les étoiles n'ont pas rassemblé toute la matière interstellaire. L'amas est effectivement très jeune : 80 millions d'années, et est distant de 450 années-lumière. Superbe avec des jumelles.

Près de l'étoile ζ on trouve l'objet M1, encore appelé « nébuleuse du Crabe ». C'est le reste d'une étoile dont les Chinois ont observé l'explosion le 5 juillet 1054. Un pulsar est au centre. Distance : 6 300 années-lumière.

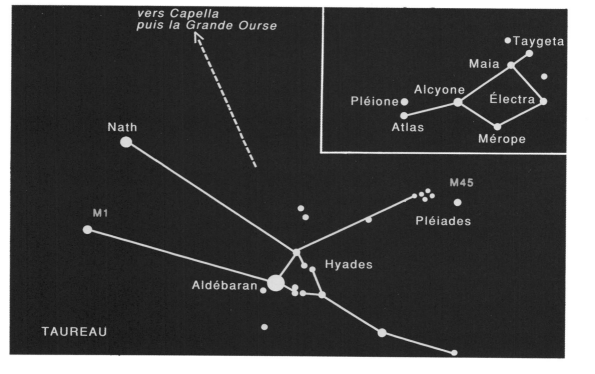

Constellation du zodiaque, les Gémeaux sont très étendus et caractérisés par deux étoiles brillantes, Castor et Pollux.

Pour ne pas vous tromper, souvenez-vous que Castor est plus près de Capella et Pollux plus près de Procyon.

Pollux, la plus brillante, est une géante dont la température de surface est de 4 500°K et dont l'éclat est 35 fois plus fort que celui du Soleil. C'est une étoile double à 35 années-lumière.

Le jumeau Castor est en fait un système d'étoiles complexe. Analysé avec les détecteurs actuels on découvre un ensemble de 6 étoiles situé à 45 années-lumière. Ces étoiles tournent autour d'un centre de gravité commun en 380 ans.

M35 est un des plus beaux amas ouverts observables. Composé de plus de 200 étoiles, il est à 2 600 années-lumière de la Terre. Très facile à observer avec de modestes jumelles.

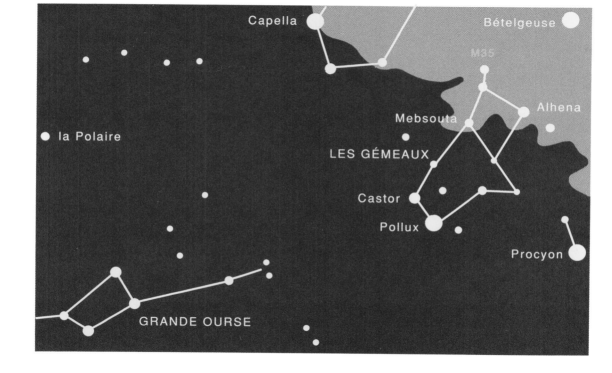

19. LE LION ET LE CANCER

Les étoiles du Lion font penser à l'animal couché, du moins dans l'hémisphère Nord. Au sud il ressemblerait plutôt à une grande souris...

Régulus signifie en latin « petit roi ». C'est une étoile à hélium dont la température superficielle atteint 20 000°K. Son diamètre vaut 4 fois celui du Soleil dont elle est distante de 85 années-lumière.

Denebola ou la « queue du lion » à 42 années-lumière est 20 fois plus brillante que notre étoile.

Avec de puissantes jumelles ou un bon instrument, on peut apercevoir toute une série de galaxies au sud de la ligne Denebola-Régulus.

Au mois de novembre (14-21) il est parfois possible d'observer un grand nombre d'« étoiles filantes ». Ce sont « les Léonides », restes de la comète Temple-Tuttle.

Aucune étoile brillante dans le Cancer que l'on trouve à peu près à mi-distance entre Régulus et Pollux. Seul un amas visible à l'œil nu la distingue. Il s'agit de la Crèche (ou Praesepe ou la Ruche ou M44). Moins brillant que les Pléiades, il compte quelques centaines d'étoiles à 525 années-lumière de la Terre.

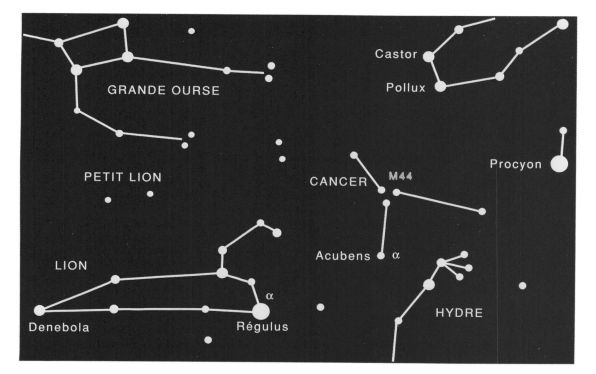

20. SPICA, LA VIERGE ET LA BALANCE

Avec Régulus du Lion et Arcturus du Bouvier, Spica (l'Épi) de la Vierge forme un triangle dit « de printemps ». L'Épi porte encore un nom arabe, Azimech qui signifie « patte arrière du lion ». A plus de 250 années-lumière, elle est encore très brillante. En fait elle est 2 300 fois plus brillante que le Soleil.
Au nord de Vindemiatrix se trouve un superbe groupe de galaxies (plus de 3 000 objets) : l'amas Virgo. Distant de la Terre de 42 millions d'années-lumière, il nécessite un instrument supérieur à 20 cm de diamètre pour commencer à en apprécier la richesse. Le diamètre de cet amas est supérieur à 5 millions d'années-lumière.
Au sud de la constellation et à 40 millions d'années-lumière une superbe galaxie vue par la tranche mais difficile avec de petits instruments : Sombrero (M104).
Sur la ligne Antarès du Scorpion, Spica de la Vierge, on trouve une petite constellation : la Balance. Voisine du Scorpion, les anciens prétendaient que l'animal venait souvent la visiter. C'est pour cela que les deux étoiles les plus brillantes s'appellent Zuben Elgenubi (pince sud du scorpion) et Zuben Elschemali (pince nord). Respectivement 65 et 148 années-lumière les séparent du système solaire.

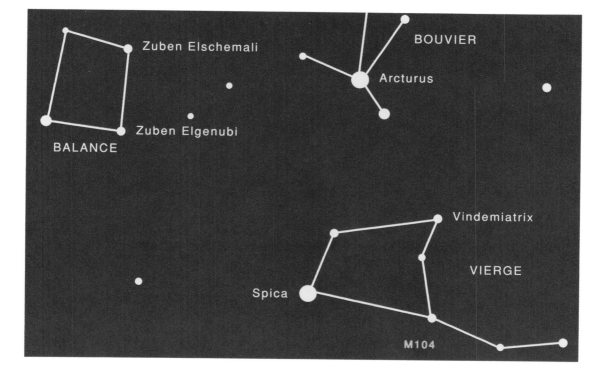

21. LE SCORPION

Très belle constellation de l'hémisphère Sud dont le nom correspond assez bien à l'animal.

Au-delà de 42° de latitude Nord il n'est plus possible de l'observer en entier.

Antarès, géante rouge et étoile principale du Scorpion, signifie « Anti-Mars ». Sa couleur rouge évidente rivalise en effet avec celle de la planète Mars (Arès en grec). En arabe ancien, c'était le « cœur du scorpion » ou Calbalacrab.

Son diamètre est 500 fois supérieur à celui de notre Soleil pour une température superficielle de 3 000°K. C'est une étoile double tournant en 850 ans environ autour d'Antarès. L'ensemble est à près de 400 années-lumière.

M6 et M7 sont deux amas ouverts distants respectivement de 2 000 et 800 années-lumière.

Dans cette région riche en étoiles de la Voie lactée, on peut également observer deux amas globulaires M4 et M80. Situé à 6 000 années-lumière environ, M4 s'observe facilement avec des jumelles. M80 est plus difficile car moins lumineux. Il est situé à 36 000 années-lumière.

Cette constellation est remarquable avec une simple paire de jumelles : les nombreuses étoiles de la Voie lactée associées aux nuages sombres et aux divers amas constituent un très beau spectacle.

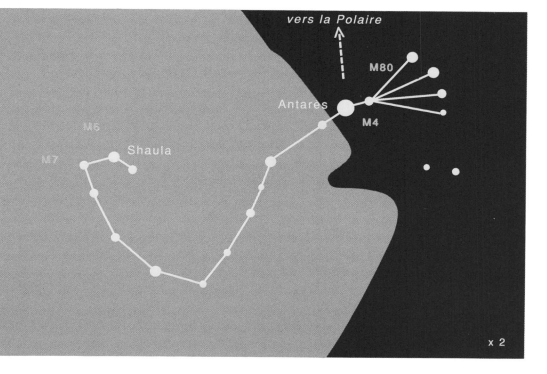

22. LE SAGITTAIRE

Superbe constellation de l'hémisphère Sud, elle est en pleine Voie lactée dans une région où l'on compte plus de 50 000 étoiles dans un carré de 1° de côté. Kaus Australis (ou arc du Sud) en est l'étoile la plus brillante. 250 fois plus lumineuse que le Soleil, elle en est à 130 années-lumière.

Le Sagittaire est surtout connu par ses amas remarquables avec une simple paire de jumelles.

M8, M17 et M20 sont trois nébuleuses gazeuses, vastes nuages de matière interstellaire principalement composés d'hydrogène. Respectivement à 5 000, 4 900 et 6 500 années-lumière, elles sont plus connues sous les noms de « Lagoon », « Oméga » et « Trifide ».

M23, M24 et M25 sont trois amas ouverts, tandis que M22 et M55 sont deux remarquables amas globulaires. Dans le halo de la galaxie de la Voie lactée, M22 est à 9 600 années-lumière tandis que M55 est à plus de 20 000 années-lumière de la Terre.

Le Sagittaire est dans la direction du centre galactique, malheureusement inobservable en raison d'épais nuages opaques de matière interstellaire.

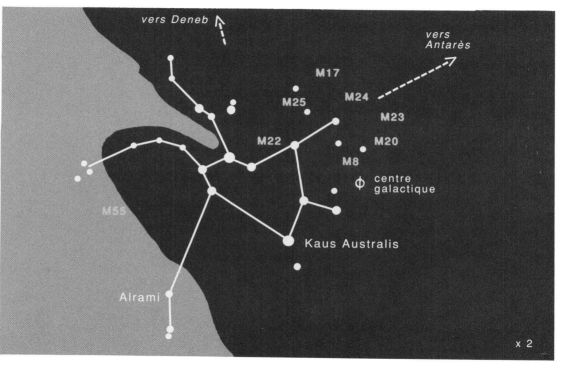

Avec la Baleine, nous retrouvons le mythe de Persée. Cet animal menaçait d'inonder l'Éthiopie sous un raz de marée. Pour éviter cela il fallait livrer Andromède, la fille du roi...

L'étoile la plus brillante est Menkar (ou nez). C'est une géante rouge à 130 années-lumière.

Deneb Kaitos (ou queue de la baleine) est aussi une géante à 64 années-lumière. Mais la Baleine est surtout connue pour Ceti ou « Mira » (l'étoile merveilleuse). C'est en effet la première étoile variable découverte en astronomie par Fabricius en 1596. On sait aujourd'hui que Mira est la représentante d'un type particulier d'étoiles, les variables à longue période. Avec une période moyenne de 331 jours, elle est facilement observable à l'œil nu (250 fois plus lumineuse que le Soleil) mais invisible à son minimum (moins brillante que le Soleil). A son maximum, son diamètre est 500 fois supérieur à celui de notre Soleil.

A proximité, les Poissons constitue une constellation formée d'étoiles faibles. Son seul intérêt est de contenir actuellement le point vernal, c'est-à-dire l'endroit où se trouve le Soleil à l'équinoxe de printemps.

Le Bélier ne présente pas plus d'intérêt. Hamal signifie précisément « Bélier ».

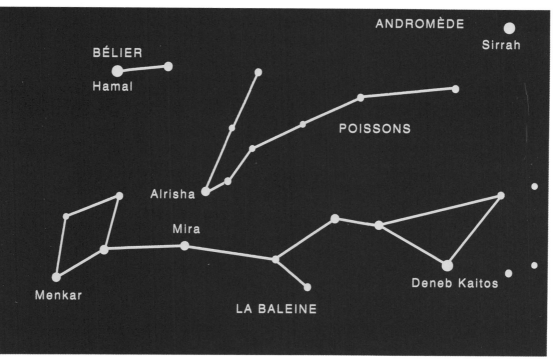

24. L'HYDRE FEMELLE

L'Hydre femelle est la plus longue des constellations s'étendant à la fois dans l'hémisphère boréal et dans l'hémisphère austral. Sa tête, au nord, est sous le Cancer tandis que sa queue s'étire jusqu'à la Balance. Cette constellation n'est plus visible dans l'hémisphère Nord, au milieu de l'été, période de sécheresse. De là provient certainement la légende grecque selon laquelle l'Hydre empêcha le Corbeau de boire l'eau de la source réservée à Apollon. Alphard en est l'étoile la plus brillante. Ce mot signifie « étoile seule qui est là ». C'est une géante rouge à 100 années-lumière.

L'étoile R. Hydrae est une étoile variable de type Mira (de la Baleine). Sa période est actuellement de 387 jours. Visible à l'œil nu à son maximum, une lunette est nécessaire pour observer son minimum.

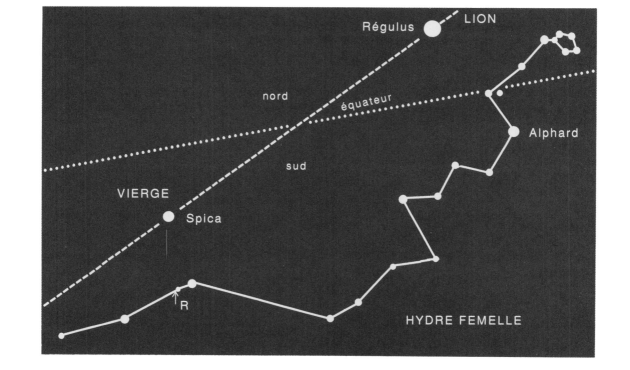

25. VERSEAU, CAPRICORNE ET POISSON AUSTRAL

L'eau domine cette région du ciel située plus au sud par rapport à Pégase.
En effet, sous les Poissons, on rencontre :
— Le Verseau (qui selon la légende est Deucalion, fils de Prométhée, naviguant sur les eaux du déluge).
— Le Capricorne (associé au dieu Pan qui se serait métamorphosé en capricorne pour échapper à un typhon).
— Le Poisson austral qui aurait sauvé la souveraine d'Égypte, Isis, de la noyade.
Pour faciliter le repérage de ces constellations, il suffit de prolonger une ligne Véga de la Lyre-Altaïr de l'Aigle jusqu'au Capricorne.
Peu d'astres remarquables dans ces constellations, sauf :
— Sadalmelek (roi), à 1 300 années-lumière, qui brille 6 000 fois plus que le Soleil.
— Fomalhaut (bouche du poisson austral en arabe), 14 fois plus brillante que le Soleil et de température de surface 9 000°K. Étoile brillante du ciel austral, elle n'est qu'à 23 années-lumière de la Terre.
M2 est un amas globulaire facilement observable aux jumelles (50 000 années-lumière environ).
Saturn et Hellix sont deux très belles nébuleuses planétaires à 4 000 et 450 années-lumière respectivement.

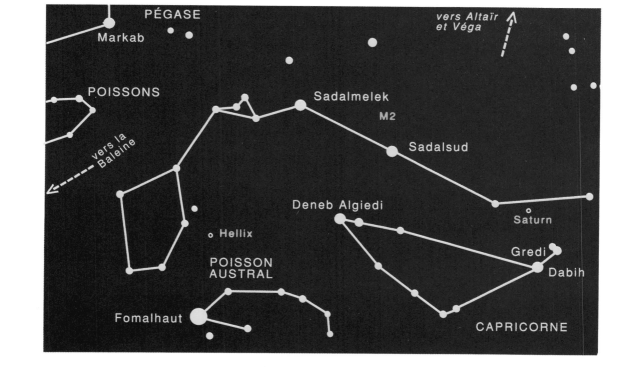

Constellation très allongée, Éridan est le fleuve des Enfers dans la mythologie grecque, les extrémités de cette constellation sont seules brillantes.

Achernar (extrémité du fleuve), 650 fois plus brillante que notre Soleil, est une étoile très chaude en surface (15 000°K) et distante de plus de 100 années-lumière.

Cursa (tabouret de devant), à l'autre extrémité, est très proche de Rigel, deuxième étoile d'Orion. Elle est à 82 années-lumière de la Terre.

NGC1300 est une très belle galaxie spirale barrée, malheureusement inaccessible avec de petits instruments.

A l'ouest d'Achernar, on trouve la constellation du Phénix nommée ainsi en 1 600 seulement. α Phénix est à 76 années-lumière. Sa lumière met donc une vie humaine moyenne pour nous atteindre.

Avec le Réticule nous abordons une série de constellations de l'hémisphère Sud auxquelles des noms techniques ont été attribués. C'est l'abbé de la Caille qui établit ces alignements autour de 1752.

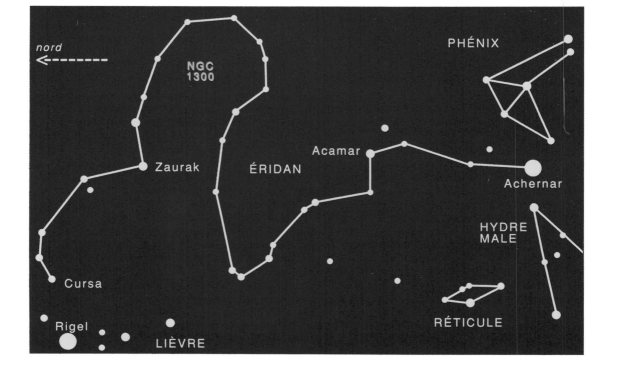

27. LA CARÈNE, LES VOILES ET LA POUPE

Nous voilà plongés à nouveau dans la légende des Argonautes. Leur navire, Argo, est en effet composé de la Poupe, de la Carène et des Voiles. Nous sommes là dans une région caractéristique du ciel de l'hémisphère Sud.

Naos est une étoile très chaude, plus de 35 000°K en surface et distante de 1 500 années-lumière.

Canopus, la deuxième étoile en intensité après Sirius, est à environ 365 années-lumière. Signalons, à 15° au sud-est de Canopus, un amas ouvert composé de plus de 100 étoiles qui est visible à l'œil nu. Il est distant de 1 200 années-lumière.

L'étoile γ des Voiles n'a pas de nom mais mérite une attention particulière. C'est, à 650 années-lumière, un complexe de 4 étoiles très chaudes (de 20 à 50 000°K). Cette région est en pleine Voie lactée. On appréciera les amas, les groupes d'étoiles, les galaxies avec une paire de jumelles.

La Colombe et la Boussole sont des constellations rapportées entre 1650 et 1750. Peu brillantes, elles sont surtout destinées à boucher les « trous » entre les constellations plus remarquables.

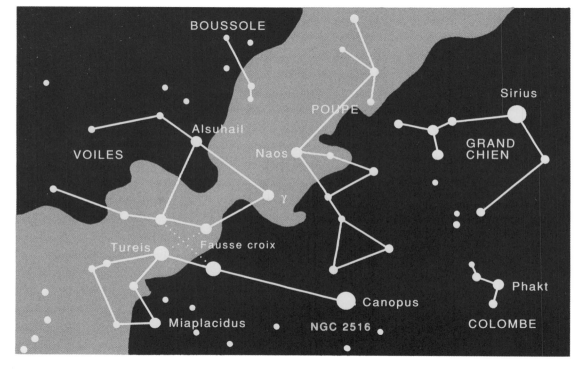

28. LA CROIX DU SUD ET LE CENTAURE

La région la plus brillante et peut-être la plus belle du ciel. En pleine Voie lactée ! Toliman ou α du Centaure domine par son éclat. C'est une étoile double dont une des composantes est d'un type voisin de celui du Soleil.

Tout près de Toliman, une petite étoile, invisible à l'œil nu, n'est pourtant qu'à 4,3 années-lumière. C'est Proxima Centauri, l'étoile la plus proche de nous (à part le Soleil !). C'est une naine rouge. Toujours dans le Centaure, ne pas manquer l'amas globulaire ω. Tache nébuleuse à l'œil nu, elle devient impressionnante avec un instrument : le plus bel amas de la voûte céleste est à plus de 16 000 années-lumière.

La Croix du Sud est l'attraction principale du ciel de l'hémisphère Sud, superbe sur fond de Voie lactée, ses étoiles brillantes se détachent d'autant mieux qu'un nuage de matière sombre les borde : c'est le « Sac à charbon ». Distance : environ 500 années-lumière.

Entre cette zone obscure et l'étoile β, il faut observer un remarquable amas d'étoiles. Avec une simple paire de jumelles, la couleur des étoiles vous rappelle son nom : la « Boîte à bijoux ». Distance : 7 700 années-lumière.

Peu d'intérêt pour les autres constellations.

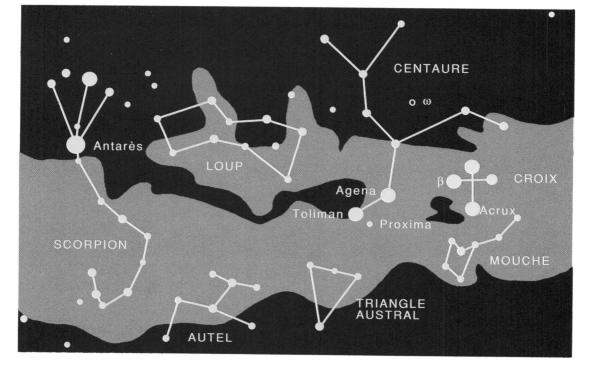

Des constellations sans légende...
La cartographie de ces régions date des années 1 600 à 1 750. Elle fut établie par
J. Bayer puis par l'abbé de la Caille. Ce dernier, manquant d'imagination ou cédant
un peu trop à la technique naissante, peupla le ciel du Sud de télescope, micros-
cope, boussole, sextant, compas ou même machine pneumatique !
Peu d'étoiles remarquables mais des amas superbes à découvrir absolument avec
une simple paire de jumelles.
47TUC est un amas globulaire visible à l'œil nu. Il est à plus de 15 000 années-
lumière et est très proche du Petit Nuage de Magellan (SMC) qui est décrit sur
la carte suivante.
NGC 6752 est un autre amas globulaire dont on distingue facilement les étoiles
les plus brillantes avec une petite lunette. Il est à près de 20 000 années-lumière.
NGC 6541 est encore un amas globulaire facilement observable.

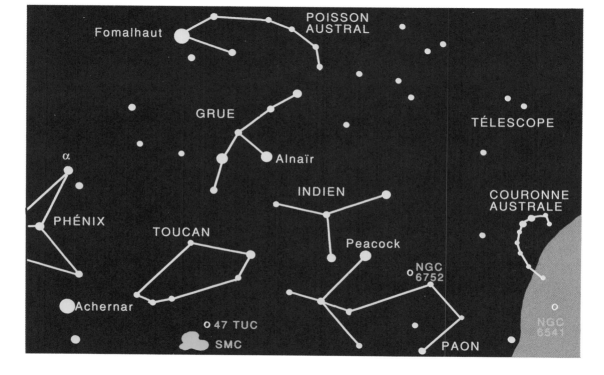

L'invitation au voyage avec les nuages de Magellan. Le grand navigateur leur donna son nom quand il les découvrit en 1519.

Satellites de notre galaxie de la Voie lactée, les nuages sont des petites galaxies formées de millions d'étoiles, d'amas et de matière interstellaire. Cette matière est très facilement visible dans le Grand Nuage (LMC) avec l'objet NGC 2070, encore appelé « la Tarentule ».

Situés respectivement dans la Dorade et dans le Toucan, le Grand et le Petit Nuage (SMC) de Magellan occupent une position privilégiée dans le ciel de l'hémisphère Sud. Proches du pôle Sud, dépourvu d'étoile équivalente à la Polaire, ils en permettent le repérage : une droite perpendiculaire au segment LMC-SMC passe par le pôle Sud. La Croix du Sud finit d'aider au repérage. Le Grand et le Petit Nuage sont à environ 160 000 années-lumière.

« Apus Indica » est un bel oiseau au plumage jaune doré mais avec des pattes totalement disgracieuses. Afin de n'en présenter que la plus belle partie aux étrangers, les indigènes lui coupaient les pattes. Apus Indica signifie « qui n'a pas de pattes ». C'est pourtant « l'Oiseau de Paradis » un des plus beaux noms de constellation. Avec le Caméléon et l'Hydre mâle, il entoure le pôle Sud.

PE : pôle écliptique.

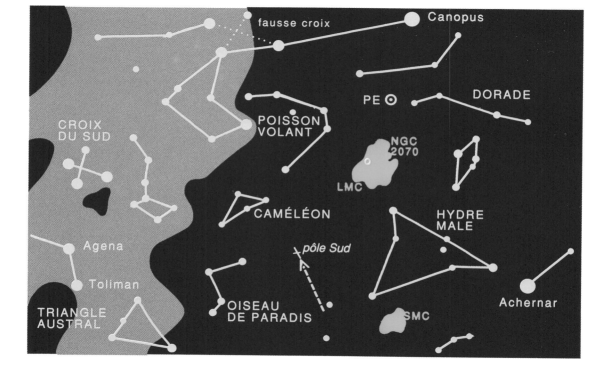

Les éphémérides donnant la position du Soleil, de la Lune et des planètes se trouvent dans l'agenda astronomique édité annuellement par l'Institut de mécanique céleste et de calcul des éphémérides (IMCCE); voir www.imcce.fr/publications/ouvrages-pour-tous/

Le site en anglais www.heavens-above.com calcule, pour tout point d'observation sur Terre, les positions de planètes ou d'étoiles mais aussi les possibilités d'observation des satellites artificiels incluant les passages de la station spatiale internationale.

Des renseignements peuvent aussi être obtenus dans les revues:

Ciel et Espace, éditée par l'Association française d'astronomie (AFA), 17, rue Émile Deutsch de la Meurthe, 75014 Paris; www.cieletespace.fr

L'Astronomie, éditée par la Société astronomique de France (SAF), 3, rue Beethoven, 76016 Paris; www.lastronomie.fr/magazine/index.html

Astrosurf magazine, bimestriel édité par la société Axilone Multimédia, 5, allée du Bosc, 31470 Saint-Lys; www.astrosurf.com/magazine/

CNRS Le Journal, pour suivre l'actualité astronomique en ligne avec le Centre national de la recherche scientifique; www.lejournal.cnrs.fr/astronomie

Pour le curieux, la pratique de l'observation du ciel est devenue compliquée à cause du développement de l'éclairage public de notre société urbaine. Depuis 2001, des réserves internationales du ciel étoilé ont été constituées afin de garder quelques zones protégées sur la planète. Voir le site international (en anglais): www.darksky.org/our-work/conservation/idsp/

Cette pollution lumineuse est fort gênante pour l'habitant des grandes villes et la découverte du ciel doit se faire… sans ciel! Des planétariums permettent de pallier partiellement cette difficulté. Voici la liste des plus grandes salles en France (Dôme de diamètre supérieur ou égal à 8 mètres, équipés de projecteurs performants).

Planétarium Hubert Curien (parc de l'Arquebuse, 14, rue Jehan de Marville, 21000 Dijon – 03 80 48 82 08). Dôme: 10 m. 63 places; https://teleservices.dijon.fr/ma-nature/jardindesciences

Planétarium de Bretagne (parc du Radôme, 22560 Pleumeur-Bodou – 02 96 15 80 30). Dôme: 20 m. 280 places; http://planetarium-bretagne.bzh

Planétarium de Nîmes (avenue Péladan, 30000 Nîmes – 04 66 76 72 60). Dôme: 8 m. 65 places; www.nimes.fr/index.php?id=531

Planétarium Astralia (Cité de l'Espace, avenue Jean-Gonord, 31506 Toulouse – 05 67 22 23 24). Dôme : 20 m. 279 places ; www.cite-espace.com

Planétarium Planet océan (allée Ulysse-Odysseum, 34000 Montpellier – 04 67 13 05 50). Dôme : 15 m. 152 places ; www.planetoceanworld.fr

CCSTI Espace des Sciences (Les Champs libres, 10, cours des Alliés, 35000 Rennes – 02 23 40 66 00). Dôme : 14,36 m. 99 places ; www.espace-sciences.org/planetarium

Planétarium de Saint-Étienne (Cité Fauriel, 28, Rue Ponchardier, 42100 Saint-Étienne – 04 77 33 43 01). Dôme : 12 m. 82 places ; www.planetarium-st-etienne.fr

Planétarium de Nantes (8, rue des Acadiens, 44100 Nantes – 02 40 73 99 23). Dôme : 8 m. 51 places ; www.nantes.fr/le-planetarium

Ludiver (1700, rue de la Libération, Tonneville 50460 La Hague – 02 33 78 13 80). Dôme : 10 m. 96 places ; www.ludiver.com

Planétarium de Reims (49, avenue du général De Gaulle 51100 Reims – 03 26 35 34 70). Dôme : 8 m. 48 places ; www.reims.fr

Forum départemental des Sciences (1, place de l'Hôtel de ville, 59650 Villeneuve d'Ascq – 03 59 73 96 00). Dôme : 14 m. 138 places ; www.forumdepartementaldessciences.fr

Le Plus-Palais de l'Univers et des sciences (rue du Planétarium, 59180 Cappelle-la-Grande – 03 28 60 50 95). Dôme : 9,15 m. 67 places ; www.le-plus.fr

Planétarium de l'université de Strasbourg (13, rue de l'Observatoire, 67000 Strasbourg – 03 68 85 24 50). Dôme : 8 m. 65 places ; www.jardin-sciences.unistra.fr/planetarium

Planétarium de Vaulx-en-Velin (place de la Nation, 69120 Vaulx-en-Velin – 04 78 79 50 13). Dôme : 15 m. 150 places ; www.planetariumvv.com

La Coupole-Musée Bunker (rue, André Clabaux, 62570 Wizernes – 03 21 12 27 27). Dôme : 15 m. 135 places ; www.lacoupole-france.com

Palais de la Découverte (avenue Franklin Roosevelt, 75008 Paris – 01 56 43 20 20). Dôme : 15 m. 208 places ; www.palais-decouverte.fr

CSI La Villette (30, avenue Corentin-Cariou, 75930 Paris – 01 85 53 99 74). Dôme : 21,5 m. 272 places ; www.cite-sciences.fr

Espace Mendès-France (1, place de la Cathédrale, 86038 Poitiers – 05 49 50 33 00). Dôme : 12 m. 109 places ; www.emf.fr

Planétarium d'Épinal (rue Dom Pothier, 88000 Épinal – 03 29 35 08 02). Dôme : 10 m. 61 places ; www.site.planetarium-epinal.com

Musée de l'air et de l'espace (Aéroport de Paris-Le Bourget, 3, esplanade de l'air et de l'espace, 93352 Le Bourget – 01 49 92 70 00). Dôme : 8,2 m. 53 places ; www.museeairespace.fr

ÉLÉMENTS DE BIBLIOGRAPHIE

Débuter

Galilée, le messager des étoiles, J.-P. Maury, Gallimard, « Découvertes ».
Le Ciel, ordre et désordre, J.-P. Verdet, Gallimard, « Découvertes ».
Une histoire de l'astronomie, J.-P. Verdet, Seuil, « Points Sciences ».
Oh, l'Univers! Petit guide de voyage, J.-L. Robert-Esil, J. Paul, Dunod, « Oh, les Sciences ! » ; tout commence par des questions et des réponses.

Observer

Sky Atlas 2000.0, W. Tirion ; quand vous connaîtrez bien les constellations, ce magnifique atlas vous sera indispensable.

Approfondir

Le Destin de l'Univers : le Big Bang et après, T. Xuan Thuan, Gallimard, « Découvertes » ; iconographie en couleurs.
Patience dans l'azur, H. Reeves, Seuil, « Science ouverte » et « Points Sciences » ; le grand succès mérité de l'édition scientifique française. À suscité le désir d'observer et de mieux connaître l'astronomie chez de nombreuses personnes.
Dernières nouvelles du cosmos, H. Reeves, Seuil, « Science ouverte » et « Points Sciences ».
Poussières d'étoiles, H. Reeves, Seuil, album illustré et « Points Sciences » (nouvelle édition 2009) ; une ode à l'univers avec une abondante illustration en couleurs.
Chroniques des atomes et des galaxies, H. Reeves, Seuil/France Culture.

Au-delà de l'espace et du temps. La nouvelle physique, M. Lachièze-Rey, Le Pommier, « Essais ».
Le Noir de la nuit, E. Harrisson, Seuil, « Science ouverte » et « Points Sciences ».
Les Comètes et les Astéroïdes, A.-Ch. Levasseur-Regourd, Seuil, « Points Sciences ».
Les Étoiles, D. Proust, J. Breysacher, Seuil, « Points Sciences ».
Les Galaxies et la Structure de l'Univers, D. Proust, C. Vanderriest, Seuil, « Points Sciences ».
Les Nouveaux Mondes du cosmos, M. Mayor, P.-Y. Frei, Seuil, « Science ouverte » ; un livre du découvreur de la première planète extrasolaire.
Les Planètes, D. Benest, Seuil, « Points Sciences ».
Dernières nouvelles des planètes, C. Frankel, Seuil, « Science ouverte ».

Aussi

Les Somnambules, A. Koestler, Les Belles Lettres ; essai bien documenté sur l'évolution de l'astronomie de Copernic à Newton. Des hommes à l'intuition remarquable.
Les Découvreurs, Robert Laffont, « Bouquins » ; d'Hérodote à Copernic, de Christophe Colomb à Einstein, l'aventure de ces hommes qui inventèrent le monde.
Le Messager des étoiles, Galilée, Seuil, « Sources du savoir » et « Point Sciences ».
Galilée, L. Geymonat, Seuil, « Science ouverte ».
Figures du Ciel, M. Lachièze-Rey et J.-P. Luminet, Seuil / BNF, « Science ouverte ».
L'Harmonie des sphères, D. Proust, Seuil, « Science ouverte ».
Aux origines du monde. Une histoire de la cosmogonie, J.-P. Verdet, « Science ouverte ».

LEXIQUE

ACUITÉ : pouvoir de discrimination relatif à un organe des sens : acuité visuelle.

AMAS GLOBULAIRE : groupement d'étoiles liées par la gravitation ayant une forme régulière et contenant quelques millions d'étoiles. Ils font partie du halo galactique.

AMAS OUVERT : groupement d'étoiles ayant la même origine et liées entre elles par la gravitation. Un amas ouvert a généralement une forme irrégulière et contient un petit nombre d'étoiles.

ASTROPHYSIQUE : terme habituellement employé aujourd'hui pour désigner l'étude de la constitution, des propriétés physiques et de l'évolution des astres et de leur milieu environnant.

ATMOSPHÈRE : enveloppe gazeuse d'un corps céleste.

COMÈTE : noyau de matière peu dense donnant lieu à un phénomène parfois très spectaculaire lorsque les conditions d'observation sont favorables. Le dégazage à proximité du Soleil génère la queue de la comète.

CONSTELLATION : groupe d'étoiles brillantes associées par les anciens à des mythes. Ces anciennes dénominations ont été conservées par les observateurs pour faciliter le repérage dans le ciel.

DÉGAZAGE : phénomène se produisant au niveau des parties externes d'une comète au moment où elle se rapproche du Soleil. Ce dégazage conduit à la formation de la queue de la comète.

ÉCLIPTIQUE : 1. orbite de la Terre autour du Soleil. 2. orbite que le Soleil semble décrire en un an au travers des constellations zodiacales.

ÉTOILE : astre doué d'un éclat propre, observable sous la forme d'un point lumineux. Le Soleil est l'étoile la plus proche de la Terre : nous tournons autour.

ÉTOILE FILANTE : autre nom donné au phénomène associé à une météorite. Phénomène lumineux qui accompagne la rentrée dans l'atmosphère d'une météorite (*voir aussi* météore).

GALAXIE : système stellaire comprenant quelques centaines de milliards d'étoiles. On estime qu'il y a dans l'Univers plus de galaxies qu'il n'y a d'étoiles dans une galaxie.

GRAVITATION : phénomène selon lequel les corps s'attirent mutuellement proportionnellement à leur masse et inversement au carré de leur distance.

MÉTÉORE : phénomène lumineux et sonore accompagnant la rentrée dans l'atmosphère d'une météorite. C'est l'observation de la combustion et l'audition de l'onde de choc associée à la rentrée atmosphérique.

MÉTÉORITE : cailloux du système solaire dont la composition chimique est variable de l'une à l'autre. Les plus grosses d'entre elles parviennent jusqu'au sol.

NÉBULEUSE : terme générique désignant tout objet flou, diffus au travers d'un instrument. La qualité des détecteurs évoluant dans le temps, ce terme recouvre aujourd'hui de nombreux objets fort différents.

NÉBULEUSE PLANÉTAIRE : enveloppe gazeuse importante autour d'une étoile en fin de vie. Au télescope elle se présente souvent sous forme d'un disque à l'image d'une planète, d'où son nom.

NUAGE INTERSTELLAIRE : matière diffuse et très peu dense occupant des volumes importants dans l'espace entre les étoiles.

ORBITER : néologisme décrivant le fait d'être en orbite autour d'un astre.

PÉRIODE DE RÉVOLUTION : temps mis par un astre pour parcourir une orbite complète autour de celui autour duquel il tourne. La période de révolution de la Terre autour du Soleil est de 365,25 jours.

PÉRIODE DE ROTATION : temps mis par un astre pour faire un tour sur lui-même. La période de rotation de la Terre est de 23 heures 56 minutes 04 secondes.

PLANÈTE : astre tournant autour d'une étoile. Une planète n'émet pas une lumière propre, elle se contente de réfléchir la lumière de l'étoile autour de laquelle elle tourne.

RADIANT : région du ciel d'où semblent diverger toutes les étoiles filantes durant une nuit d'observation où leur quantité est importante.

SATELLITES ARTIFICIELS : objets fabriqués par l'homme et mis en orbite autour d'une planète. Les satellites qui restent fixes au-dessus d'un point de la Terre à une altitude de 36 000 km sont dits géostationnaires.

SYSTÈME SOLAIRE : ensemble constitué d'une étoile et des planètes qui tournent autour. Notre système solaire comprend le Soleil et Mercure, Vénus, Terre, Mars, Jupiter, Saturne, Uranus, Neptune, Pluton.

VOIE LACTÉE : bande laiteuse observable dans les régions où la pollution lumineuse n'est pas trop forte. Une grande quantité d'étoiles y est observable avec des jumelles. C'est notre galaxie vue de l'intérieur.

ZÉNITH : point culminant de l'horizon. Point situé « juste au-dessus de notre tête ».

ZODIAQUE : zone de la sphère céleste de part et d'autre de l'écliptique dans laquelle se situent les mouvements du Soleil, de la Lune et des planètes. 13 constellations sont repérables dans le zodiaque.

ALPHABET GREC

Les astronomes ont adopté comme convention de nommer dans chaque constellation les étoiles principales. L'alphabet grec a été retenu si bien que la plus brillante étoile dans une constellation donnée est α (alpha), la seconde en intensité est β (bêta)...
Pour vous aider dans vos lectures futures, voici cet alphabet :

α	alpha	ν	nu
β	bêta	ξ	ksi
γ	gamma	o	omicron
δ	delta	π	pi
ϵ	epsilon	ϱ	rau
ζ	dzéta	σ	sigma
η	éta	τ	tau
θ	théta	υ	upsilon
ι	iota	φ	phi
$\varkappa$	kappa	χ	khi
λ	lambda	ψ	psi
μ	mu	ω	oméga

LISTE DES 88 CONSTELLATIONS

Liste donnée par ordre alphabétique selon le nom français (avec le nom latin et l'abréviation). En rouge, les constellations décrites ou mentionnées dans les cartes. Pour les autres, le numéro de carte renvoie à la région dans laquelle se situe la constellation; constituées de quelques étoiles souvent peu lumineuses, elles n'ont pas été retenues pour ce guide.

Nom latin	Abrév.	Nom français	Carte n°
Aquila	AQL	Aigle	14
Andromeda	AND	Andromède	5 11 12
Sculptor	SCL	Atelier du sculpteur	(23)
Ara	ARA	Autel	28
Libra	LIB	Balance	20
Cetus	CET	Baleine	23
Aries	ARI	Bélier	23
Pyxis Nauticus	PYX	Boussole	27
Bootes	BOO	Bouvier	6 7 8 20
Caelum	CAE	Burin	(26)
Chamaeleon	CHA	Caméléon	30
Cancer	CNC	Cancer	19
Capricornus	CAP	Capricorne	25
Carina	CAR	Carène	27
Cassiopeia	CAS	Cassiopée	1 4 11
Centaurus	CEN	Centaure	28

Cepheus	CEP	Céphée	1 2 4 8
Pictor	PIC	Chevalet du peintre	(27)
Coma Berenices	COM	Chevelure de Bérénice	(19)
Canes venatici	CVN	Chiens de chasse	6
Aurigae	AUR	Cocher	3 4
Colomba	COL	Colombe	27
Circinus	CIR	Compas	(28)
Corvus	CRV	Corbeau	(24)
Crater	CRT	Coupe	(24)
Corona austrina	CRA	Couronne australe	28
Corona borealis	CRB	Couronne boréale	6 7
Crux	CRU	Croix du Sud	28 30
Cygnus	CYG	Cygne	13 14
Delphinus	DEL	Dauphin	13 14
Dorado	DOR	Dorade	30
Draco	DRA	Dragon	2 13
Scutum sobiescianum	SCT	Écu de Sobieski	(14/22)
Eridanus	ERI	Éridan	26
Sagitta	SGE	Flèche	14
Fornax	FOR	Fourneau	(26)
Gemini	GEM	Gémeaux	3 18
Camelopardalis	CAM	Girafe	(1)
Canis major	CMA	Grand Chien	16 27
Ursa major	UMA	Grande Ourse	1 2 3 6 8 18
Grus	GRU	Grue	28

Nom latin	Abrév.	Nom français	Carte n°
Hercules	HER	Hercule	10
Horologium	HOR	Horloge	(26)
Hydra	HYA	Hydre femelle	19 24
Hydrus	HYI	Hydre mâle	26 30
Indus	IND	Indien	28
Lacerta	LAC	Lézard	(13)
Monoceros	MON	Licorne	(15)
Lepus	LEP	Lièvre	16
Leo	LEO	Lion	19
Lupus	LUP	Loup	28
Lynx	LYN	Lynx	(18)
Lyra	LYR	Lyre	8 9 13 14
Antlia	ANT	Machine pneumatique	(27)
Microscopium	MIC	Microscope	(28)
Musca	MUS	Mouche	28
Octans	OCT	Octant	(30)
Apus	APS	Oiseau de Paradis	30
Ophiucus	OPH	Ophiucus	(10)
Orion	ORI	Orion	15 16
Pavo	PAV	Paon	28
Pegasus	PEG	Pégase	11 12 25
Perseus	PER	Persée	4 5
Equuleus	EQU	Petit Cheval	(12)

Canis minor	CMI	Petit Chien	16
Leo minor	LMI	Petit Lion	19
Vulpecula	VUL	Petit Renard	(13)
Ursa minor	UMI	Petite Ourse	1 2 3 4 8
Phoenix	PHE	Phénix	26 28
Piscis austrinus	PSA	Poisson austral	25 28
Volans	VOL	Poisson volant	30
Pisces	PSC	Poissons	23 25
Puppis	PUP	Poupe	27
Norma	NOR	Règle	(28)
Reticulum	RET	Réticule	26 30
Sagittarius	SGR	Sagittaire	22
Scorpius	SCO	Scorpion	21 28
Serpens	SER	Serpent	(22)
Sextans	SEX	Sextant	(24)
Mensa	MEN	Table	(30)
Taurus	TAU	Taureau	17
Telescopium	TEL	Télescope	28
Tucana	TUC	Toucan	28
Triangulum	TRI	Triangle	11
Triangulum australe	TRA	Triangle austral	28 30
Aquarius	AQR	Verseau	25
Virgo	VIR	Vierge	20
Vela	VEL	Voiles	27

TABLE

IMPRESSION : NORMANDIE ROTO IMPRESSION S. A. S. À LONRAI
DÉPÔT LÉGAL : JANVIER 2014. N° 116086 - 11 (2102765)
IMPRIMÉ EN FRANCE